Mannen som döpte midnatten till Elsa

och andra noveller
av Ove Wahlqvist

Dessa noveller är skrivna under åren 1972 – 2015

Illustrationer:
Rosita Windemark (sidan 23)
Maiken Banner-Wahlgren (sidan 37)
Carina Hellström (sidan 92)
Ewa Östergren (sidan 107)

Ove Wahlqvist (foton)

Hindra tegelstenar falla …5

Författarens mask …12

Mannen som döpte midnatten till Elsa …18

Telefonsamtalet …22

Kristallerna …28

Solhjärtat …32

Alternativet …38

Paris …42

Förmannen …52

I skärningspunkten …57

Duvan vid Sacre-Coeur …64

Inviten …69

Bron …74

Poeten, minnet …82

Doktor S …86

Lögnen …91

Caroline …100

Johansson …104

Trenchcoat 37 …112

De gamla hjulspåren …120

Elsa …132

Förlag och tryck: BoD
ISBN: 978-91-7463-633-8

Hindra tegelstenar falla

- Anders? Dagen var grå. En grumlig vind snodde fram bland dammet.

- Jo, Anders, jag undrar...

Över hustaken kunde man skymta en tunn flik av blå himmel. Det var också allt. Resten av himlavalvet täcktes effektivt av en tjock molnmassa. Solen hade inte synts till på länge.

- Ibland får jag en sådan konstig känsla. Det är som om...

Ett sönderrivet flygblad låg tyst framför deras fötter. Sönderläst eller bara sparkat? De svarta, anklagande bokstäverna FNL blandades vilt med storstadens biprodukter. Anders plockade fram sin pipa.

- Du snackar för mycket, Johansson, alldeles för mycket!

- Men det är faktiskt en ganska otäck känsla, förstår du. Som om...

- Alldeles för mycket, Johansson!

De tystnade. Mannen som hette Johansson suckade och böjde sig fram för att ta upp en sten, som inte på minsta sätt skilde sig från de andra. Han höll den i handen ett tag och sedan slungade han iväg den mot byggnadsställningen. Den träffade plankorna med ett ihåligt ljud. Anders tände sin pipa.

5

Det var inte första gången som Johansson hade försökt leda in samtalet på sina tankar. Han hade många tankar och ett konstant behov av att dela dem med någon. Oftast blev det med Anders, helt enkelt av den anledningen att de jobbade ihop och därför tvingades tillbringa större delen av dagen tillsammans. Nu var det så att denna kombination inte var helt lyckad, ty Anders hade inte mycket till övers för filosoferande tankearbete. Det var inte det att han var dum, tvärtom, han var nog lika intelligent som de flesta och intelligentare än många. Nej, det var snarare det att han föredrog att inte krångla till livet i onödan. Han hade sin gumma och sitt jobb, det räckte i stort sett för en dräglig tillvaro. Vad tjänade det då till att dra in en massa filosofiska aspekter i gröten?

Johansson hade tagit upp ännu en sten, som han satt och lekte med medan tankarna befann sig på annat håll. Han visste att han måste fortsätta samtalet men kunde inte komma på något bra sätt att starta det igen. Allt han sade tystades ju bara ned. Han kastade stenen. Den kom längre än den förra.

- Jo, Anders, ursäkta om jag stör dig igen men det är någonting ganska viktigt för mig det här. Det har att göra med jobbet.

Anders knackade ur sin pipa mot stenen de satt på. Han visste att han snart skulle bli tvungen att lyssna, ty han var en godhjärtad natur och gav för det mesta efter till slut. Men ett flyktförsök till tänkte han kosta på sig.

- Du Johansson, har du lämnat in tipset den här veckan? Det var en lätt rad, även om matchen mellan Leicester och Everton var lite marig. Man vet ju inte riktigt vad de går för, de där Everton. Och inte Leicester heller, för den delen. Faktum är att jag inte känner till en enda spelare i Leicester. Vet inte ens hur man uttalar namnet. Säger man lejsester och lester? Du kanske vet, Johansson, du som är en lärd man?

Johansson reagerade inte. Det var som om han inte hörde. Han satt försjunken i sig själv och stirrade bort över området. En lyftkrans väldiga arm försökte förgäves fånga hans blick.

- Va, Josse, du ville ju snacka. Uttalas det lester eller lejsester? En svart och skränig kaja hade fått tag i en lös bit presenning och slet i den som om han trodde att den innehöll mat. Gruset och murbruksdammet yrde hejdlöst runt hans tufsiga vingar.

- Det var inte om det jag ville snacka och det vet du mycket väl! Anders suckade tungt. Nu var det färdigt!

- De sista tre nätterna har jag knappt fått en blund i ögonen för att jag har legat och funderat.

Anders skakade menande på huvudet.

- Ja, jag vet vad du tänker. Det är onödigt och dumt men det kan inte hjälpas. Jag har nog försökt kämpa emot ska du tro. Jag har intalat mig själv att inatt ska jag sova och inte tänka, men det hjälper bara inte. Efter någon halvtimme ligger jag där och mal tankarna fram och tillbaka, fram och tillbaka. Till slut blir jag så trött på dem att jag nästan mår illa men ändå kan jag inte bli av med dem. De liksom biter sig fast, som blodiglar.

- Vet du Johansson, ibland undrar jag varför du blev grovarbetare. Du snackar ju som någon jävla akademiker!

De tystnade åter. Realisten och Filosofen. Båda hade de lika svårt att nå över till den andre, att tala den andres språk. Båda hade de lika svårt att förstå. Eller kanske de förstod men bara inte orkade sätta sig själva i den andres ställe. Anders stoppade ned sin pipa i fickan och sände iväg en loska mot kajan. Han började bli trött på det här samtalet nu och önskade nästan att rasten vore slut. Det var besvärligt att ha en sådan jobbarkompis som Johansson! Aldrig en lugn stund.

Molnen hade så smått börjat skingras nu och solen kastade några trevande strålar ned över hus- och människomyllret. En ilsken reflex från något blankt föremål träffade Johansson i ögonen och fick honom att blinka. Men han tappade inte sitt tankfulla ansiktsuttryck.

- Och så är det en fråga som har börjat gnaga inom mig. En otäck fråga.

- Är hon med barn nu igen?

- Va? Nej, det har inte med Elisabeth att göra. Det

8

handlar om jobbet. Jag har börjat fråga mig vad vi har här att göra egentligen.

- Här att göra? Men det är väl ganska klart!

- Är det?

Anders såg förvånat på sin kamrat. Så här hade han aldrig snackat förut! Visst hade han funderat mycket på en massa saker, men det hade nästan uteslutande varit helt abstrakta grejer, som ingen utom han själv förstod. Men nu! Hade han börjat ifrågasätta vad de hade på jobbet att göra! Det lät ju helt vansinnigt!

- Visst fasen är det klart! Som korvspad! Ser du den där byggnadsställningen där och lyftkranen? Vad brukar man ha sådana grejer till? Jo till att bygga hus! Och vad gör vi? Jo bygger hus!

- Jo, jag vet att det här är ett husbygge och att vi är byggnadsarbetare. Men ändå. Vad har vi för funktion att fylla här? Varför har basen anställt oss? Vi gör ju ingenting!

- Gör vi ingenting! Vi jobbar ju för helvete som djur!

Nu började Anders nästan bli arg. Vad var det här för snack? Att de inte gjorde någonting! Det var ju idiotiskt! Han såg stint på Johansson och frågade honom vad han egentligen menade.

Johansson vände sig bort och strök sakta med handen över hakan. Ett tag verkade det nästan som om han tappat allt intresse för det de pratade om, men så sade han tyst, liksom för sig själv:

– Jag vet inte riktigt vad jag menar. Det är som sagt bara en känsla jag får ibland. Han gjorde en liten paus och fortsatte sedan, ännu tystare:

– En känsla av att vi är helt onyttiga.

Anders hörde knappt vad han sade, men ordet onyttiga uppfattade han. Det var ett ord som han aldrig hade förknippat med sin egen insats i byggnadsbranschen. Och han förstod inte varför någon annan skulle göra det heller.

– Varför tänker du sådär för? Det tjänar väl ingenting till. Vi har vår plats här på bygget och vi har våra uppgifter att utföra. För det får vi lön och valkiga händer. Räcker inte det för dig som för alla andra?

– Men borde det inte vara något mer? Borde vi inte känna att vi verkligen uträttar någonting, att vi verkligen behövs?

– Tja, om du vill känna att du uträttar någonting så kan du ju alltid tänka på alla de familjer som kommer att bo i det här huset sedan. De är nog tacksamma för att vi sliter ut oss.

Argumentet verkade inte göra något intryck på Johansson. Han tog upp den tredje stenen och vägde den i handen som för att utröna hur många karat den var på. En råtta snodde under några plankor. Från en av barackerna kom några murare ut och rörde sig pratande och

skrattande mot sina väntande slevar. Deras skitiga
blåställ sjönk in i omgivningen som en huggorm i
sommargräset. Även Anders började göra sig i ordning
för att återvända till sitt jobb. Men Johansson satt kvar
utan att göra en min av att vilja resa sig.

- Ska du sitta där hela eftermiddagen och lata dig?

Nu sken solen riktigt starkt och luften bar en varning
om att resten av dagen skulle bli varm, kanske het. Några
ungar var på väg ned till badplatsen för att ta sig ett dopp.
Deras gälla rop klingade kristallklart i den grusiga
atmosfären, och deras badrockar kastade vilda fläckar av
färg mot husen. Johansson såg upp på Anders, som stod
bredbent framför honom. Han log svagt.

- Jo jag kommer, sade han, det är bara det att ibland
känns det som om vi inte gjorde något annat än hindrade
tegelstenar falla.

(Publicerad i Byggnadsarbetaren 1972, Utposten 1973)

Författarens mask

Han hade haft tur, det var inte tu tal om det. Första dagen
på tidningen och redan en sådan här jättechans. Allt han
behövde göra var att hålla sig kall och lyssna
uppmärksamt till allt som sades. Kanske ställa någon
diskret fråga. Resten skulle komma av sig själv. Som
enda reporter på bjudningen kunde han näppeligen
misslyckas.

  Han tog ett glas vin från en bricka som en uppassare
räckte fram och gick och ställde sig bredvid det öppna
fönstret. Utanför badade den välskötta trädgården i
insekternas vimmel och vattenspridarens duschar.
Värmen var verkligen tryckande och solen sken
skoningslöst ned från en pastellblå himmel. Men inte
skulle man klaga. För några månader sedan när snön låg
outgrundlig på marken och kölden ristade in sina spetsiga
näsor i soldyrkarnas pannor skulle man nog mer än gärna
ha tagit emot den värme som nu så frikostigt bjöds
omkring. Det var bara en fråga om att anpassa sig till
årstiden. Sven knäppte upp sin redan uppknäppta skjorta
och sände en tacksamhetens tanke till blazerfickan som
så villigt slukat slipsen.

  Nu var visst festens medelpunkt i antågande. Sorlet i
salen dämpades en aning och nyfikna förväntansfulla
ögon vändes mot entrédörren, där en uniformsklädd vakt

stod uppsträckt som för att stötta en sönderfallande dörrpost. Sven kände en liten ilning av spänning fortplanta sig genom magen. Snart skulle den stora stunden vara inne. Ögonblicket då han stod öga mot öga med sitt första och största intervjuoffer, den kände författaren från det stora landet i väster.

- Mr Malcolm Downs, USA!

Dörrpoststöttarens entoniga röst klingade klart genom den hastigt tystnande församlingen. Blott ett försynt klirr från ett Dry Martiniglas som inte insett stundens storhet kunde höras. Och så stod han då där, upphovsmannen till sådana nutidsklassiker som "The Tango of Lunacy" och "Mary Moore".

För de flesta i salongen var det ett smått historiskt ögonblick och Sven sällade sig med själ och hjärta till den skaran. Han kunde ännu minnas mycket väl vilket otroligt starkt intryck den tragikomiska skildringen av Mary Moore's leverne hade gjort på honom när han plöjde igenom den under sitt första mödosamma år vid Uppsala universitet. En vecka hade det tagit honom att ta sig igenom den tjocka volymen, men så hade också större delen av nätterna försvunnit i läslampans sken.

Mot den bakgrunden var det kanske inte så underligt att han hade känt sig lite knäsvag först när redaktören hade kallat in honom till sig och givit honom det här fina uppdraget. "Visserligen är du ganska så grön än, men eftersom det här besöket är så hemligt blir du den enda reportern på partyt. Du kan helt enkelt inte misslyckas!" hade han sagt med ett faderligt leende. Och Sven hade bara att tacka och ta emot. Visst var han väl nyfiken på hur redaktören hade fått nys om det celebra besöket, men han förstod att det inte skulle löna sig att fråga. Så istället hade han vänt på klacken, tagit sitt anteckningsblock i handen och traskat iväg.

Och nu var han här, svettig men full av iver att underkasta sig sitt elddop. Nog skulle han göra sitt bästa allt, det var då säkert! Redaktören skulle inte bli besviken på honom.

Med vakna ögon iakttog han celebriteten när denne, ledsagad av den amerikanske ambassadören och en högt uppsatt ambassadtjänsteman försökte tränga sig fram genom folkmuren som hastigt bildades. Mr Malcolm Downs såg inte alls märkvärdig ut på något sätt. Lite längre än de flesta kanske, och med mörkt hår som börjat flagna av på flinten. Sven kände genast igen honom från alla fotografier i skvallerpressen.

Nu var det alltså dags att försöka få något uträttat. Med dröjande steg avlägsnade sig Sven från fönstret och tog upp jakten på sitt byte. Han kunde känna något av den tjusning en elefantjägare måste känna när han hör det urskogsvilda tjutet från en elfenbensbeströdd snabel. Smygande tyst genom en djungel av klingande

14

diamanthalsband och väl avkylda groggar närmade han sig den långväga gästen.

Två meter, tre salongsberusade gentlemän i den yngre portföljåldern kvar. Sven harklade sig och funderade på vilken av de uttänkta frågorna han skulle ta först. En sabla tur att mr Downs var så välbevandrad i det svenska språket, förresten. Det skulle ha varit ett helsike att konversera på engelska i den här hetsiga atmosfären.

– Mr Downs! Jag är ingen reporter, men jag har länge intresserat mig för era verk och det skulle vara roligt att få fråga ett par saker. Ni tar inte illa upp?

Mannen som yttrat dessa ord var den tredje av de gentlemän som skilde Sven och Mary Moore's skapare åt. Han såg uppriktigt intresserad ut och Sven var nästan glad för att han tydligen slapp ställa några egna frågor. Det här var ju faktiskt idealet för en nyutexaminerad reporter – att som åhörare på första parkett åhöra en utfrågning med det tilltänkta intervjuoffret.

– Of course not, my boy. Vad är det ni vill veta?

– Jo, för det första så har jag gått och funderat på hur ni egentligen får alla idéer till era noveller och romaner. Har ni något speciellt knep eller kommer de bara flygande ur tomma luften?

– Knep? Nej, jag vet inte det, the ideas just kommer. Som nu, for example, håller jag på och arbetar med en idé till en novell. Och den idén fick jag på planet hit, mitt

15

över Atlanten.

- Ni kan inte berätta vad den går ut på?

Sven spetsade öronen och plockade fram anteckningsblocket, som han nästan hade glömt att han hade med sig. Det här var ju verkligen matnyttiga grejer till ett reportage!

- The idea? Jo, of course skulle jag kunna göra det. Det handlar alltså om en man som sitter på en bänk. Det är en varm dag med mycket sol och många vackra flickor att titta på. Mannen är lycklig. Bredvid bänken finns en rabatt med röda och gula rosor. Charming OK, but suddenly händer nåt. Inte med vädret, eller blommorna eller flickorna. Utan med mannen. Han börjar förändras, blir mörkare i hyn, hans ögon börjar rinna, han hostar. Solen skiner klart men mannen lutar sig bakåt mot bänken och liksom faller ihop. And then, det värsta av allt, maskarna! De börjar kräla på honom, de kommer fram ur hans mun, hans ögon, hans öron, överallt. Ur varje por i hans kropp kryper en svart, luden mask fram. Och han skriker, men ingen hör. Flickorna går förbi i sina lätta sommarklänningar, very beautiful and young, men de ser honom inte. Solen värmer och mannen darrar av en fruktansvärd köld. Han gråter, bönar och ber att någon ska ta bort maskarna som äter upp hans kropp, han försöker resa sig, springa därifrån, men han faller ihop på marken. Dör inför sina medmänniskors ögon, en kvalfylld död. Utan att någon ser, utan att någon försöker rädda honom.

Författaren avlutade sin makabra berättelse och lät de sista orden eka ut i den totala tystnad som omgav honom. Ingen yttrade ett ord på vad som verkade vara en evighet, men som säkert inte var mer än en halv minut. Till slut hördes dock en harkling, och utfrågaren sade i en låg, säregen stämbandskittling:

- Och vad vill ni ha sagt med den novellen, mr Downs?

- Jag vill ha sagt att vi människor kanske inte är så... always... som vi skulle vilja... att vi...

Här tystnade han av en plötslig svaghet. Han såg runtomkring sig och upptäckte ett nytt uttryck i omgivningens ögon. Borta var nyfikenheten och beundran, och genom dimman som hastigt föll över hans näthinna varslade han en fara, kanske en hunger. Människorna omkring honom såg ut som om de anade något, nästan som om de väntade.

Och plötsligt skrek Sven. Ett isande, fasansfullt skri som trängde igenom kristallkronans glaspärlor och fick dem att krossas. Det fina kristallregnet föll smeksamt ned över de flaxande vingarna och asresterna.

(Publicerad i Byggnadsarbetaren 1973)

Mannen som döpte midnatten till Elsa

Midnatten satte sig vid hans bord och bjöd honom sällskap. Midnatten var hans vän, alltid punktlig, trofast. Pålitlig, fast man inte kunde växla ringar med henne. För Johansson var midnatten en kvinna.

Han älskade henne och älskade henne varje natt. Hennes djävulskt svarta hår kunde gömma alla hans bekymmer. Nästan. Därför älskade han henne. Och av hennes saliv kunde han supa sig redlös och lycklig. Därför älskade han henne. Men ibland var hon så tom.

Han slog upp ett glas öl åt henne och höjde sitt eget. Hon ville visst inte skåla inatt. Hennes glas stod som fastfruset vid bordet. Den beska vätskan rullade nedför hans strupe. Inte gjorde den honom gladare. Och ännu stod hennes glas stilla. Som om hon inte var där. Som om han var ensam.

- Elsa! reste han sig plötsligt och ekade mot väggarna. För Johansson hette midnatten Elsa. Som hans dotter. Före detta dotter, innan hon blev för fin för att ha en murare till pappa.

Hennes glas stod fortfarande stilla. Han tömde det i en nervös ryckning. Och plötsligt var hon där igen. Vacker, passionerad och kall.

- Elsa! Han omfamnade henne. Hon hade inte svikit. Hon var hans vän. Inatt, som de senaste åren. Hennes ögon lika stora, lika djupa som vanligt. Lika tysta.

- Jag var rädd att du hade försvunnit igen, Elsa. Att du hade övergett mig. Det får du aldrig göra. Du är den enda jag har!

Hon svarade inte. Hon svarade aldrig. Men han visste att hon förstod.

Nu var hon så nära att han nästan kunde känna hennes andedräkt. Hennes mörka kropp frestade honom. Svindlade honom. Halvdunklet vigde dem samman. Pysandet när han öppnade den sista ölburken var champagneskummet som välsignade deras äktenskap. Rapningen som ölet tvingade upp ur hans svalg var hans JA. Johansson log. Johansson var en man. Elsa var hans kvinna. I nöd och lust. I nöd.

Tungt sjönk han ned vid bordet igen. Tände en cigarrett. Rökte en cigarrett. Rökte två. Kände sig klumpig och äcklig. Orakad. Otvättad. Oälskad. Önskade sig bort. Hem. Eller till bygget. Där fanns åtminstone människor. Av kött och blod. Som pratade. Hojtade. Levde. Midnatten var så tyst.

- Du Elsa, det här går inte längre! Hans näve föll grov och skrovlig mot bordsskivan. Glasen darrade till. Sakta sjönk hans huvud ned mot bröstkorgen. Det går bara inte längre. Inte längre.

Han mumlade, sluddrade. Önskade sig nykter, vidrörd av någon som kände, förstod.

Så ryckte han till. Han var ju inte ensam! Elsa! Hon satt kvar. Tyst, oåtkomlig i sin otroliga närhet. Åter såg han in i hennes ögon. Viskade sina händer över hennes kinder. Tillbad henne. Tog hennes hand.

De reste sig. Gick mot dörren. Johansson gnolade tyst. Han var lycklig! Ingen hade väl en sådan kvinna som han! Alltid trogen. Aldrig trött.

På tröskeln vände han sig om. Såg på rummet, bordet, stolarna. Hans värld, hans universum. Ölburkar, fulla askkoppar, tomma illusioner. Sedan suckade han, kramade Elsas hand och gick mot sängen. Den knarrade under deras kroppar. Själva natten knarrade i hans huvud, skrapade mot hans hjärnväggar som en orakad vålnad.

Klockan var ett. Sakta sakta kröp visaren runt. Halv två. Snart två. Han rökte en cigarrett. Två. Han rökte tre. Hon låg stilla. Som en död. Eller kanske väntande? Han kysste henne. Hennes läppar glödande mot hans.

Plötsligt drog han sig tillbaka. Han hade känt något innanför hennes mörkröda läppar. Något hårt, kallt, spetsigt. Underligt leende kröp hennes ansikte inpå honom. Hennes mun halvöppen.

Han kände smärtan. Midnattens huggtänder som bet sig fast i hans hals. Som sög blod, sög den heta andedräkten mot hans nacke. Allt svagare och mattare. Domnade bort.

- Elsa. I en stönande, ohörbar viskning. Domnade bort. Smärtan nästan ljuv, pulserande. Mörkret pulserande av

20

rödhet. Av ångest.

Elsa, hans Elsa, hans kvinna, som varje natt, lika trogen, hans Elsa, ljuva, frestande, uppnåeliga Elsa, hon som aldrig föraktat honom, aldrig varit för fin, hade plötsligt svikit honom, anfallit honom, kallat honom djävla knegare.

Han blev allt mindre, blodfattigare. Krympte ihop till ett uttorkat skal. Stor som hennes huvud, hennes hand, hennes mun, försvann han in i salivljummen regnskog. Svettig, förslavad. Kväljande, hänförande. Elsa...

Klockan sex ringde väckarklockan. En ny dag av murbruk och blåställ började. Han sträckte på sig, lika trött som vanligt. Kastade av sig filten och gick med huttrande steg mot toaletten.

(Publicerad i Byggnadsarbetaren 1974)

Telefonsamtalet

Han såg på klockan. Det var snart dags att gå och ringa nu. Det gjorde han varje kväll vid exakt samma tidpunkt. Klockan halv åtta. Vardag som helgdag, även om regnet öste ned eller det var femton grader kallt. Det hade blivit en tradition. Och han såg ingen anledning att ändra på den. Han tyckte om att ringa och hon tyckte om att han ringde. Hon sade det inte rent ut, men han kunde höra det på hennes röst när hon svarade. Hon lät glad, på sitt lite reserverade sätt.

Långsamt och metodiskt började han ta på sig ytterkläderna. Rörelserna var intränade sedan länge. Han gjorde alltid likadant. Först skorna, vars snören han knöt lagom hårt. Sedan rocken som saknade en knapp. Han kom sig aldrig för med att sy i den. Och till sist hatten. Sedan var han färdig att gå.

Visst hade det varit enklare om han haft egen telefon. Men han tyckte inte det var värt kostnaden att installera en. Det var så sällan han ringde, förutom halv-åtta-samtalet. Och han kunde inte tänka sig vem som skulle komma på tanken att ringa till honom. Han hade inte så många vänner. Jobbarkompisarna kände han bara ytligt och släkten hade han ingen kontakt med alls. Så vad skulle han med en telefon till? Det var förresten skönt att få sig en liten promenad på kvällskvisten. Till och från

Illustration: Rosita Windemark

telefonhytten. En alldeles lagom lång sträcka.

Han stängde dörren bakom sig och kontrollerade att den var ordentligt låst. Inte för att han hade så många dyrbarheter i lägenheten precis. Men det var bäst att vara på den säkra sidan i alla fall. Alltid fanns det väl något som en inbrottstjuv kunde sno åt sig. Nere i porten mötte han tjejen som bodde på våningen över honom. Hon hade långt brunt hår och skulle bli förskollärare. Hon brukade alltid hälsa glatt på honom och det hände ibland att de stannade och pratade en stund med varann. Han gillade henne, hon verkade alltid så glad och pigg. Men ikväll hade han inte tid med någon pratstund. Han måste gå direkt till telefonkiosken, om han inte skulle komma försent.

Ett tag kände han sig nästan frestad att hoppa över telefonsamtalet för en gångs skull, och istället stanna och prata med tjejen. Det skulle kanske vara lika givande, om inte mer. Men så sköt han ifrån sig frestelsen, fortsatte ut på gatan och styrde stegen åt höger. Han fick inte svika henne som väntade i andra änden av tråden. Då skulle hon bara bli orolig, och det ville han inte att hon skulle bli. Han ville inte åsamka henne några slags bekymmer. Inte efter allt som hon gjort för honom, efter alla underbara, öppenhjärtiga samtal.

Med raska steg gick han gatan fram, svängde till vänster vid parken och hörde grusgången knastra under sulorna. Snart skulle han vara framme. Precis lagom. Klockan var tre minuter i halv. I fönstren i husen runt omkring såg han TV-apparaternas spöklika sken flämta. Som vanligt. Allt var precis som vanligt. Det tyckte han om. Han var en utpräglad vanemänniska. Varje kväll vid nästan exakt samma klockslag gick han den här sträckan och kom fram till hytten en minut i halv. Sedan tog det en liten stund att plocka fram småpengar och slå numret.

Han kände på sig att hon som han ringde till uppskattade hans punktlighet. Han föreställde sig att hon också var en vanemänniska. Hon hade nog också inrättat sina kvällar efter ett bestämt mönster, med halv-åtta-samtalet som en självklar mittpunkt. Just nu satt hon nog och väntade ivrigt.

Det var då han såg det. Det oerhörda, som med ens kastade hela hans livssystem över ända. Telefonkiosken var upptagen! Han kände hur det knöt sig i magen på honom. Vad skulle han ta sig till, vad skulle hon som väntade tänka? Några andra telefonhytter fanns inte i närheten, så det enda han kunde hoppas på var att den här snart blev ledig.

Nu hade han kommit fram. Genom glasrutan såg han att den som rubbat hans orubbliga vanor var en medelålders dam. Hon höll en svart handväska i ena handen och luren i den andra. Hon pratade som om hon tänkt tillbringa resten av kvällen där. Hans mod sjönk.

Hytten skulle nog inte bli ledig åtminstone på den närmaste kvarten.

Lite försynt knackade han på glaset och visade med teckenspråk att han måste ringa, att det var viktigt. Hon såg bara på honom, frånvarande, och fortsatte att prata. Han gick några steg iväg, tittade på klockan. Nu var hon halv. Nu borde hans signaler fortplanta sig genom tråden. Nu satt hon vid telefonen. Väntade.

Oroligt gick han tillbaka till hytten, knackade lite hårdare. Fick bara en irriterad blick till svar. Den medelålders damen vände ryggen åt honom, och fortsatte prata. Han tyckte det lät som en hönas kackel. Bara oväsentligheter förstås. Jäkla skvallerkärring!

Återigen tog han sig en liten promenad. Nu var klockan flera minuter över halv. Katastrofen var ett faktum.

Tillbaka till hytten igen. Den här gången knackade han inte bara, utan sade också med hög röst genom dörrspringan:

- Ursäkta mig jag måste ringa!

Hon ignorerade honom. Han blev alltmer irriterad. Gläntade lite på dörren och upprepade:

- Ursäkta mig, jag måste faktiskt ringa ett samtal!

Hon lät sig inte bevekas, snäste bara till:

- Ser ni inte att telefonen är upptagen!?

Han kände hur vreden började gnaga i honom. Men han försökte behärska sig, även om det var svårt. Nu var hon nog rysligt orolig, hon som väntade. Tjugo i åtta! Och den medelålders damen bara pladdrade vidare. Bla-bla-bla. Vad han avskydde henne! Än en gång gläntade han på dörren.

- Ni får faktiskt ursäkta mig, men jag måste få låna telefonen nu. Det är viktigt!

Nu såg hon verkligen irriterad ut.

- Hör nu, min bäste herre, ni får faktiskt vänta tills jag har pratat färdigt. Och sluta störa mitt samtal genom att ideligen avbryta mig!

Då kunde han inte hålla sig längre. Han grep tag i hennes arm och drog ut henne. Hon såg plötsligt skrämd ut, som om hon trodde att han skulle slå henne. Det hade han också god lust med, men han nöjde sig med att mumla Dra åt helsike!

Äntligen kunde han slå det välbekanta numret. Äntligen fick han höra de välkända tutsignalerna i luren. Sedan knäppte det till och han fick äntligen höra hennes ljuva, älskvärda röst viska på sitt förföriska sätt:

- Nitton, fyrtiotre och tjugo... pip... nitton, fyrtiotre och trettio... pip...

(Publicerad i Byggnadsarbetaren 1975)

Kristallerna

Sven Johansson vaknade med ett ryck. Han hade en tung, sprängande huvudvärk, och ögonen kändes som inbäddade i grus. Eller i krossade kristaller.

Vilken dröm! Vilken hemsk dröm! Varifrån hade den kommit? Varför hade den kommit? Den hade varit så tydlig och konkret att han utan problem kunder återuppleva minsta detalj. Den välskötta trädgården, vattenspridarna, den uniformsklädde vakten. Mr Downs! "The Tango of Lunacy"!!

Varifrån? Varför?

Han satte sig upp i sängen. Utanför hans fönster låg ingen välskött trädgård, utan ett intetsägande hyreshus. I taket hängde ingen kristallkrona, utan en liten försynt lampa med mörkgrön, sprucken skärm. Hela omgivningen saknade definitivt drömmens febriga atmosfär. Vilket både gjorde honom lättad, och fyllde honom med ett visst vemod.

Men även denna dröm skulle ju lämna honom. Även denna dröm skulle suddas ut, försvinna. De gjorde ju det, trots att vissa försökte klänga sig fast, och fick honom att vakna upp mitt i natten, enligt hans föräldrar nästan helt okontaktbar, med stirrande ögon och osammanhängande ord som forsade ut ur hans mun. Men även sådana drömmar försvann ju. Och kvar fanns detta andra. Dessa morgnar, dessa dagar, dessa veckor.

I rummet intill hörde han lillasyrrans transistorradio gå igång. Hon var så olik honom, ville alltid ha ljud omkring sig så fort hon vaknade. Medan han försökte dröja sig kvar i nattens tystnad. Han kände igen låten, trots att han inte lyssnade så mycket på musik, men visste absolut inte vad den hette. Han hörde lillasyrran sjunga med i refrängen. Tonsäkerheten var kanske inte den allra bästa, men hon sjöng i alla fall. Vilket var mer än man kunde säga om honom själv.

Han gnuggade kristallerna ur ögonen. Han visste vad han hade att göra idag. Han visste vad världen förväntade sig. Han visste vad hans far förväntade sig – söka jobb, söka jobb, söka jobb… Vilket inte gav honom större lust att sjunga. Han drog på sig jeansen, och gick ut i badrummet, som faktiskt var ledigt – han försökte alltid hinna dit före lillasyrran, eftersom hon för det mesta tog väldigt god tid på sig därinne. Ibland undrade han vad hon egentligen gjorde där, men hon bara snäste åt honom när han någon gång försökte skynda på henne.

Han såg sig i spegeln. Samme yngling, samma rufsiga hår, samma… pormaskar. Irriterat försökte han klämma ut en som bosatt sig under hans näsa, men denna mask hade tydligen bestämt sig för att bli kvar där, för den vägrade att komma ut. Och just när han gett upp hoppet om denna mask såg han en till, högre upp på vänstra kinden. Även denna mask vägrade att komma ut. Han gav upp.

Han gick ut i köket. Där satt hans mor, till synes djupt försjunken i ett korsord. Men när hon tittade upp såg han att hon hade gråtit. Han förstod att det här var en av de morgnar när hon inte riktigt orkade vara mor, så han nickade bara åt henne, och bredde sig snabbt en ostmacka. Ville ut, ville skingra drömmens feberstämning.

När han öppnade porten slog solen in en blixtsnabb kil av ljus och värme i hans medvetande. Det var nästan sommar, redan nu i maj. Vilket genast gjorde honom på bättre humör. Han strosade ned mot centrum. Ned mot Arbetsförmedlingen, men även mot stadsparken. Där såg han att rabatterna redan börjat fyllas av olikfärgade knoppar, på blommor han inte hade en aning om vad de hette. Han slog sig ned på sin favoritbänk. Ljuvligt! De kliande kristallerna i hans ögon höll på att försvinna, drömmen lättade alltmer. Vid Carl Milles staty Guds hand i närheten såg han en yngling slå sig ned vid en flicka. Han fick intrycket av att de inte kände varann, men snart var samtalet dem emellan i full gång. Det gjorde honom glad. Värme, ljus, oväntade möten – så ville han att dagen skulle bli.

Men det var då kliandet plötsligt tilltog igen, inte runt ögonen den här gången, utan under näsan och på vänstra kinden. Han strök med handen över ställena, och tyckte sig känna att pormaskarna hade vuxit till sig oroväckande snabbt. Och kände han inte fler maskar vid sidan om de gamla? Ett moln svepte stolt och oberört bort solljuset, och i den plötsliga skuggan kände han hur kliandet övergick till smärta. Ynglingen och tjejen lämnade Guds hand tillsammans, men han lade knappt märke till dem längre. Vad honom anbelangade kunde Gud ha knutit sin hand utan att han hade sett det. Stadsparken låg plötsligt öde, och innan han slocknade tyckte han sig höra ett snabbt tilltagande sus av vingar.

Sedan gick tusen år av tystnad, mörker och medvetslöshet. Bara alldeles vagt anade han hur en man närmade sig, hur han stannade, hur han betraktade, hur han smålog, hur ett ljus tändes i hans ögon. Och så hur han mumlade för sig själv:

- Well, mr Downs, you sure are a heck of a guy! Here's another one for ya!

Solhjärtat

Dagen höll just på att dö när han slutligen fann solen. Den låg röd och glödande i en glänta alldeles i närheten av bäcken. Han blev inte särskilt förvånad när han fick syn på den. Bara glad. Han hade ju hela tiden vetat att han skulle finna den förr eller senare. Och nu hade han funnit den. Solen! Den var hans! Äntligen!

Försiktigt smög han fram mot den glödande bollen. Som om han var rädd att den skulle rulla iväg och försvinna. Men den låg kvar. Den verkade inte ens medveten om hans närvaro. Han stannade några meter ifrån den och tvekade. Skulle han verkligen våga ta den med sig? Skulle den inte bränna sönder hans händer om han lyfte upp den? Vore det inte bäst att låta den ligga kvar?

Men ändå visste han att han aldrig skulle kunna gå därifrån utan att ta solen med sig. Han hade gått så långt och letat så länge. Det skulle vara vansinne att inte ta den med sig nu när han funnit den. Men trots det tvekade han. Han kände en djup, nästan skrämmande, respekt för det som låg där framme i gräset.

Och plötsligt såg han att det rörde på sig! Lugnt och rytmiskt. Precis som ett hjärta. Ett glödande hjärta av eld. Kanske var det det han hade letat efter? Ett hjärta, och inte solen. Han kände sig alltmer villrådig. Vad skulle han göra? En sol som var ett hjärta som pumpade, pumpade...

Runt omkring föll mörkret mjukt. Liksom för att ytterligare framhäva föremålets utstrålning. Träden stod alldeles stilla, tysta. Det var som om de inte vågade andas av rädsla för att störa mötet i gläntan. Till och med fåglarna höll tyst.

Gräset närmast solhjärtat hade färgats brunt av hettan. Några små tunna rödglänsande rännilar bildade liksom rötter och sökte sig ned i jorden. Kunde det vara blod?

Långsamt tog han några steg framåt. Det började bli besvärande varmt nu. Han fick lov att skydda ögonen med händerna. Snart skulle han inte stå ut längre. Alltså måste han bestämma sig genast. Skulle han strunta i allt, gå därifrån och försöka glömma? Eller skulle han fortsätta framåt och försöka fånga den olidliga hettans ursprung?

Han insåg att den enda möjliga utvägen var att gå därifrån och glömma. Aldrig skulle han överleva en direkt konfrontation med solhjärtat. Även om han sökt länge och levt på hoppet hela sitt liv. Han måste ändå vända. Det var det enda logiska.

Just som han slutgiltigt bestämt sig för att gå därifrån blev plötsligt hettan och ljuset många gånger starkare. Det var som om föremålet svällde upp och blev större och större. Det drog honom liksom till sig. En kort sekund försökte han kämpa emot, men så gav han upp och lät sig sugas med.

Det sista han mindes, innan allt slocknade, var en känsla av orimlig lycka och att han skrattade mitt i den outhärdliga hettan.

Sedan gick tusen år av tystnad, mörker och medvetslöshet.

När han vaknade upp var det första han kände en stark lukt av brandrök. Sedan hörde han folk som skrek och sprang omkring. Han kände till och med hur någon sparkade till honom lite lätt på vänstra skuldran.

Han öppnade ögonen. Skogen var alldeles svart och sönderbränd. Träden stod som sotiga skorstenar i en ruinstad. Allt gräs var borta. Allt verkade dött och förkolnat. Men när han såg på sin egen kropp märkte han till sin förvåning att den inte föreföll skadad alls. Det var bara kläderna som var sönderslitna och svarta. Annars kände han sig nästan som vanligt. Lite matt kanske.

Det var konstigt att ingen verkade lägga märke till honom förresten. Hade de då inte förstått att det var han som hade orsakat skogsbranden?

Försiktigt reste han sig upp. Visst snurrade det till i skallen, men han var fullt förmögen att stå på benen. Bredvid honom stod en brandman med en walkie-talkie i handen. Han hörde en metallisk röst rapportera att det fortfarande brann en bit längre bort, men att läget snart skulle vara under kontroll.

Det var skönt att höra.

Med ostadiga steg började han gå omkring i askan. Överallt rörde sig folk, eller stod i klungor och pratade. De diskuterade hur elden kunde ha uppstått. Några gissade på solen och några på campare. Det var bara en som visste hur det egentligen hade gått till. Och han sade ingenting. Han varken ville eller kunde förklara. Det var så underligt allting. Han skakade på huvudet. Bara det att han levde var konstigt. Hur hade hans kropp kunnat stå emot en sådan enorm hetta?

Då fick han plötsligt syn på någonting som fick honom att stanna upp i sina funderingar. Det var en flicka som stod lite i utkanten av folksamlingen och iakttog släckningsarbetet. Han förstod inte varför han reagerade så starkt vid åsynen av henne, men hon föreföll honom bekant på något sätt. Som om han hade känt henne mycket väl för inte så länge sedan. Vem kunde hon vara?

Han gick närmare. Hon hade rött hår och var klädd i jeans och en grön tröja. På fötterna hade hon gymnastikskor. Hon var ungefär i hans ålder.

Ju närmare han kom henne desto underligare kände han sig till mods. Var hade han sett henne förut? Han kände så väl igen henne.

När han kom fram till henne vände hon sig plötsligt emot honom, och han fann sig stirrande in i hennes ögon.

Därinne såg han någonting som fick honom att jubla inombords. Och plötsligt förstod han var han hade sett henne förut! Vilken lycka! Han ville dansa och sjunga, han ville skratta och gråta!

Men han höll sig tyst och lugn, och viskade bara hennes namn med darrande läppar:

- Solhjärta!

Hennes ögon var glödande kol som rytmiskt pulserande växte sig allt större och kom allt närmare...

(Publicerad i Byggnadsarbetaren 1977)

Illustration: Maiken Banner-Wahlgren

Alternativet

Den medelålders damen väntade på honom utanför telefonkiosken. Eller, kanske inte väntade, hon föreföll mer vara fastfrusen i gruset, fortfarande chockad efter hans burdusa behandling. Hon höll hårt om sin svarta handväska, och stirrade på honom både skrämt och anklagande. I vanliga fall brukade han promenera därifrån efter samtalen, uppfylld av sin samtalspartners insiktsfulla anmärkningar, och de små pikanta pipen. Men nu stannade han. Skulle damen någonsin kunna förstå? Var det lönt att ens försöka förklara?

- Det var kris, försökte han. Hon uppskattar punktlighet. KRÄVER punktlighet.

Damen bara stirrade.

- Vem? fick hon slutligen ur sig.

- Hon i andra änden av tråden. Hon har inrättat sitt liv efter samtalen. Därför är det viktigt att tidsschemat hålls. Det borde även du förstå.

Damen såg ut att vägra förstå. Hon bara kramade sin väska, och kastade en blick åt sidan. Men de var ensamma på gatan, i parken. Ingen kunde hjälpa om han skulle bli våldsam igen.

- Tänk dig själv. Du har väntat hela dagen, förberett dig minutiöst, kanske bytt till ännu renare kläder, kanske tagit på en ny aftershave eller parfym, klippt naglarna, harklat dig så att rösten ska bära och innehålla alla de nyanser och skiftningar som du vill att dina ord ska laddas med... och så... HINDRAS du! Av något ovidkommande, oväsentligt, pladdrigt... Skulle inte det kunna få dig att brista?

Damen bara stirrade.

- Jag menar, visst kunde jag ha tänkt på mig själv, skippat samtalet ikväll, och istället stannat i trappuppgången och pratat med den där mörkhåriga tjejen som ska bli förskollärare. Det hade säkert varit jättetrevligt. Men gjorde jag det?

Damen skakade tveksamt på huvudet.

- Nej..?

- Precis! Nej! Jag gjorde inte det. Jag gick hit. För att göra min plikt, för att förgylla även denna kväll i hennes liv. Jag tog ett av mina sparade mynt, jag stoppade det i springan, jag SLOG NUMRET!! Även om du gjorde ditt bästa för att hindra mig...

Damen bara stirrade. Men så vände hon plötsligt ned blicken, sparkade till en sten som låg framför hennes ena sko.

- Och vad vet du..?

- Va?

- Vad vet du... om mitt samtal?

Han ryckte till, rubbades.

- Ditt... samtal?

- Ja, vad vet du din egoistiska, egocentriska, egofixerade karl egentligen om mitt samtal?! Har du ens tänkt på det, på vem jag pratade med?

Han orkade inte ens skaka på huvudet, kände bara att samtalet höll på att glida honom ur händerna. "Tänkt på hennes samtal"..?! Idén var ju absurd, ovidkommande, på något sätt kränkande. Bortom all logik.

- Hur skulle jag ha kunnat... tänka på ditt samtal? Du var ju bara... en störning, en obehaglig incident, en påträngande, okänslig figur i mina cirklar...

- Just det! Det är så du ser det, va..?

Och så öppnade hon långsamt, till synes nästan njutningsfullt, sin handväska.

- En påträngande, okänslig figur... Som råkade vara i vägen för dina ack så viktiga ritualer. Som råkade peta på dina vanföreställningar, ditt mentala tvångsberoende. En påträngande, okänslig liten tant som stod och pladdrade med någon halvsenil väninna i Vingåker eller Huskvarna? Och som sedan skulle gå hem till sin helsenile man och laga till något halvfabrikat från den lokala livsmedelsbutiken? Så lite du vet...

Nu var handväskan nästan helt öppen. Hans blick drogs obönhörligt dit, och han försökte skärskåda innehållet. Såg dock bara alldagliga saker; ett läppstift, en portmonnä, en liten röd hårborste...

Men hennes fingrar visste vad de sökte. Snart höll hon

den lilla pistolen i sin hand, och den såg inte alls malplacerad ut där. Med ett snett leende och en, som han tyckte, nästan lekfull blick i ögonen siktade hon mot honom. Han ryggade tillbaka, och tog några snabba steg mot telefonkiosken för att söka skydd.

- Ibland måste man få... pladdra..! hörde han henne säga. Ibland måste man få... prata av sig, glömma tiden, glömma att man lever upp till folks fördomar, att man... blir en tant... För alternativet... är värre.

När han kom bakom telefonkiosken fortsatte han bara gå, och ökade snabbt farten. Han vågade inte se sig om. Varje sekund väntade han på ljudet, projektilen. Varje sekund väntade han på träffen som för alltid skulle avsluta de innerliga samtalen med kvinnan som lydigt väntade i andra änden av tråden.

Men inget ljud kom, ingen projektil, ingen träff.

Och när han femtio meter bort äntligen vågade kasta en blick över axeln såg han att damen än en gång gått in i telefonkiosken, att hon var i färd med att slå ett nummer. Pistolen var försvunnen, handväskan stängd.

Han fortsatte ned mot ån. Han kände till en annan välplacerad telefonkiosk. Den låg bortom kyrkan.

Men farligt nära polishuset...

Paris

Trots att solen gått ned för flera timmar sedan var kvällen ljummen, nästan varm. Luften kändes mjuk när den strök över deras ansikten. Deras näsborrar fylldes av en underbar, länge efterlängtad doft: doften av sommar. Från en öppen balkongdörr hördes prat och skratt, och människorna de mötte på trottoaren log mot varann och sa att nu var äntligen sommaren här. Parkens träd, som vajade lätt i kvällsbrisen, ståtade med alldeles nya, friskt gröna blad.

- Vad tyckte du om filmen? frågade han henne.

Hon ryckte på axlarna.

- Tja, jag vet inte. Den var ganska underlig, man förstod inte så mycket.

Det var första gången på länge de hade varit på bio tillsammans. Och det hade tagit dem flera veckor att verkligen komma iväg den här gången. Det var ju så svårt att komma sig för. Det var inte så länge sedan de var yngre och sprang på bio flera gånger i månaden, ja nästan en gång i veckan. Att gå på bio nuförtiden var ett helt företag. Det gällde att bestämma sig för vilken film man ville se, vilken kväll som passade bäst, vilken föreställning man skulle gå på. Och sedan övervinna det där motståndet man hade mot att överhuvudtaget gå ut på kvällen. Det var ju så mycket enklare att bara stanna hemma och dåsa framför TV:n, läsa tidningen, dricka en kopp kaffe och sedan gå och lägga sig.

- Men han var väl bra, han som spelade chauffören, vad han nu hette...

- Jodå, de spelade bra allihop, men man fick liksom inget grepp om handlingen. Man är ju inte så van vid sådana här moderna filmer. Men det var skönt att komma ut ett tag och sträcka på benen. Känner du hur ljuvligt det doftar?

- Umm. Aah! Det är skönt att vintern är slut. Den har verkligen varit lång i år.

Utanför en restaurang hade man ställt ut stolar och bord. Där satt folk, mestadels ungdomar, och åt biff med pommes frites, eller drack öl, eller en kopp kaffe. De pratade ganska högljutt med varandra runt borden och ropade till människor de kände igen utanför på trottoaren. Det såg precis ut som hon föreställde sig att Paris såg ut. Där fanns det nog fullt med sådana här barer längs avenyerna och gatorna. Och folk satt nog precis såhär på kvällarna när dagens hetta började försvinna, och åt och drack och pratade.

Ja, till Paris hade hon alltid drömt om att få åka. Men hon hade aldrig kommit iväg dit. Det var ju så mycket man måste ordna i förväg. Det var som att gå på bio, men mycket värre. Så många beslut att fatta, så många problem att lösa innan man kom iväg. Nog hade de väl råd att åka dit, egentligen, men det var initiativet som saknades. Den slutliga knuffen. Det var ju så mycket enklare att stanna hemma här i Sverige, tillbringa sommaren i stugan i Värmland och åka och hälsa på Sture och Gittan någon vecka i juli. Det hade de gjort de senaste åren, och det var väl inte så tokigt. Men det är klart, det började ju bli lite enformigt nu.

- Ska vi stanna och dricka någonting? frågade plötsligt hennes make.

- Ja, det kan vi göra. Det vore gott med något läskande!

De slog sig ned vid ett bord som just blivit ledigt. Några koppar, ett glas och läskedrycksflaska stod på den runda skivan och väntade på att bli utburna och diskade.

- Vad vill du ha? frågade han och knäppte upp sin lätta sommarrock, som han plockat fram ur garderoben och börjat använda just ikväll.

- Jag vet inte. Något kallt och gott.

- Lite vin kanske?

- Vin? Nja, jag vet inte... Så här mitt på vardagen?

Hon tvekade ett tag, men så gav hon med sig. Det kunde ju vara gott, för en gångs skull. Och man behövde ju inte dricka så mycket att man fick ont i huvudet imorgon.

Maken vinkade på kyparen och rådslog ett tag med denne om vilka viner de hade, vad som var gott och inte alltför dyrt. Till slut kom de fram till ett rosévin som hon hört namnet på men aldrig smakat. De beställde in en flaska. Kyparen försvann och återkom snart med en butelj fylld med en klarröd vätska och två glas som klirrade lite när de snuddade varann i hans hand. Han ställde ned dem på bordet och öppnade buteljen med en van och snabb rörelse. När han hällde upp vinet fylldes glasen med små bubblor som letade sig upp mot ytan och sprack ljudlöst.

- Så festligt det ser ut! sa hon och menade verkligen festlikt, i ordets ursprungliga betydelse. Det var inte ofta hon satt såhär och drack vin mitt på blanka vardagen. Hon förde glaset till läpparna och smuttade på den röda, bubblande vätskan. Det var gott och svalt, smakade nästan kolsyra, som en läskedryck.

På andra sidan bordet hade hennes make också fört sitt glas till munnen, och han såg på henne.

- Skål! sa han och log.

Hon tänkte att såhär skulle de sitta om de var i Paris. På en bar vid kanten av Seine, och titta på alla fransmän och fransyskor som gick förbi. Solen skulle skina och det skulle vara varmt, men de skulle ha ett parasoll över huvudena, som gav dem skugga. Kanske skulle hon kunna uppsnappa några franska meningar från borden intill, kanske till och med förstå dem. Hon hade ju i alla fall läst franska några år i skolan för länge sedan, och några terminer på en ABF-kurs. Nog hade hon väl glömt det mesta, men lite måste väl finnas kvar. Hon visste i alla fall att man sa "Garcon" till kyparen, och att "får vi betala" hette "l'addition, s'il vous plait!". Ja, det vore verkligen intressant att komma dit.

Hennes make kände sig riktigt väl till mods där han satt och iakttog sin hustru. Hon såg inte alls gammal ut, hon hade kvar mycket av den skönhet som han fallit för när han träffade henne första gången. Hennes hår var fortfarande mörkt. Några rynkor började smyga sig in i hennes panna, men dem såg man inte nu, i skymningens halvskumma sken.

Hon höll i vinglaset med tummen och pekfingret, och hon drack så försiktigt, smuttade bara, som om hon var rädd att alkoholen skulle stiga henne åt huvudet på en gång. Hon såg nästan ut som en liten flicka som fått smaka lite vin av sina föräldrar och som nyfiket läppjar på den underliga saften.

Själv lyfte han glaset och tog en redig klunk. - Det var gott!

Hon nickade instämmande och drack lite till. Tänk om vi kunde åka till Paris i sommar, sade hon till sig själv. Vore det verkligen så omöjligt? Det kan väl inte vara så dyrt, man behöver ju inte vara där så länge. En vecka bara, eller två. Det vore faktiskt skönt med lite omväxling. Även om Värmland nog var vackert på sommaren...

När glasen var tomma sträckte han sig efter flaskan och fyllde på. Det andra glaset försvann betydligt snabbare än det första. När hon smuttade på sitt tredje glas började hon känna sig lite varm om kinderna, och glad inombords. De pratade om filmen de hade sett, och om att det var skönt att slippa ifrån TV:n en kväll. Men hela tiden tänkte hon på Paris. Allt hon hade hört, allt hon hade läst. Les Champs Elysées, Eiffeltornet, l'Arc de Triomphe...

Våren i Paris. Javisst, man borde åka dit på våren, eller nu på försommaren. Om några veckor. Tänk om...

Till slut kunde hon inte hålla sig längre. Tredje glaset var nästan tomt, och hon började definitivt känna sig lite lullig. Han verkade också en aning rödblommig om kinderna.

- Jo, jag har tänkt på en sak... började hon trevande.

- Jaha, vad då?

- I sommar. Kunde vi inte åka till Paris då?

Han stirrade häpet på henne. Till Paris! Vad hade nu flugit i henne?

- Tjaa... Har vi verkligen råd med det? Tror du inte det är ganska dyrt där?

Men hon gav inte upp. Vinet hade mångdubblat hennes längtan.

- Vi kan ju ta en charterresa. Det är billigt. Någon vecka bara, på ett enkelt hotell.

- Men stugan då? Vi har ju lite att ordna där. Du vet, Sture har ju lovat att hjälpa till med den där utbyggnaden som vi har pratat om.

- Vi hinner väl det också. Vi kan ju åka dit sedan.

Han visste inte längre riktigt vad han skulle säga. Det låg ju något i vad hon sade. Visst var det lite enahanda att tillbringa alla somrar i Värmland. Och att åka med en charterresa var visst inte så dyrt, det hade man ju hört. Förresten så måste han erkänna att han själv gick och bar på en längtan att se Paris. Hennes förslag hade fått en massa bilder att välla fram inom honom. Bilder ur reseskildringar och filmer, ur tidningar och TV-program.

- Ja, det är klart, det vore trevligt att komma dit. Och se Notre Dame och Louvren...

- Och Sacre-Coeur, och konstnärerna på det där torget, du vet, i Montmartre...

- Ja, och Triumfbågen...

- Och alla broarna, och Seine som flyter fram, och Eiffeltornet...

- Och Saint-Michel, och Sorbonne...

Ja, det fanns verkligen mycket de ville se, upptäckte de, och de satt länge och pratade om resan. Vinet tog slut, men de beställde in en karaff till och fortsatte samtalet ända tills restaurangen stängde och kyparna började plocka in borden. Det var som om de plötsligt upptäckt ett nytt gemensamt intresse. Något som förde dem samman, mer än stugan eller de långa dåsiga hemmakvällarna. När de gick hemåt vinglade hon lite, men han stödde henne och hjälpte henne av med kläderna när de kommit hem. Det var något pånyttfött även i deras närhet i sängen.

Morgonen efter vaknade hon av att klockan ringde. Hon kände sig tung i huvudet och hade svårt att få upp ögonen. Han verkade också trött och olustig när han långsamt reste sig och gick mot badrummet. Han har nog glömt allting, tänkte hon när hon drog på sig morgonrocken och gick ut i köket för att göra i ordning frukosten. Det blir nog inget Paris i sommar heller.

Hon satte på kaffevatten och började skära upp brödet. Usch, så hon kände sig. Så går det när man dricker vin mitt i veckan. Man mår bra ett tag och pratar en massa strunt, men sedan mår man illa hela dagen efter. Nåväl, man får väl ta några magnecyl.

Han kom ut i köket och satte sig på sin vanliga plats. Så trött han såg ut, stora mörka påsar under ögonen. Knappt ett ord sade han, frågade bara hur hon mådde och log lite blekt. Inte ett ljud om någon resa till Frankrike. Nåja, Värmland är ju fint på sommaren, det är det faktiskt. Och Sture och Gittan är ju trevliga...

När han ögnat igenom tidningen, druckit sitt kaffe och ätit sina smörgåsar reste han sig och gick för att hämta sin väska och sin sommarrock. Som vanligt hade han bråttom, som vanligt var han ute i sista minuten. Han kom infarande i köket igen med väskan under armen för att ge henne den sedvanliga avskedskyssen. Hon frågade som vanligt om han skulle komma hem till lunchen, men han sade att han inte skulle hinna, det var så mycket att göra på jobbet idag.

- Men vi ses ikväll, sade han och gick mot dörren.

Just som han skulle öppna den stannade han dock. Han tvekade en stund med handen på handtaget. Sedan vände han sig om mot henne, och hon märkte till sin förvåning att han log. Och så sade han ett enda ord, öppnade dörren och var försvunnen. Hon var ensam kvar i köket och kände att hon också log, trots sin trötthet och huvudvärk.

- Paris! sade han.

(Publicerad i Byggnadsarbetaren 1977)

"Midnattsflytt – drömmar…"

Förmannen

Det var när hon satte ned temuggen på den rödrutiga
vaxduken som känslan plötsligt strök förbi igen, för
första gången på länge – och när han mötte hennes ögon
fick han för sig att hon delade den sekundsnabba
upplevelsen. Men vad visste han? De talade ju inte längre
om svårdefinierbara saker, saker som inte gick att fästa
vid vardagen. Så känslan, om den nu funnits där, fick
försvinna lika snabbt som den kommit. Efteråt kände han
sig mest generad – inte ens då, när de träffades första
gången, hade han förstått, och nu var det alldeles försent
att vrida tiden tillbaka, tränga in i mysteriet. Så han lät
hennes hand släppa temuggen, han lät henne samla ihop
några frukostsmulor, han lät henne resa sig, bli stående
en stund på det där obeslutsamma sättet som han ibland
retade sig på, och ibland fann nästan... gulligt. Ännu en
kort sekund möttes deras ögon, sedan stängde han till.
    Han var ju trots allt förman.
    Han hade ju tider att passa, underlydande.
    Han hade ju gått alla dessa kurser.
    Innan han vred om startnyckeln kastade han en sista
blick upp mot deras fönster på tredje våningen – inte stod
hon där! Hon var säkert redan halvvägs in i sitt senaste
diffusa projekt – han visste inte ens vad det var, insåg
han – om hon nu försökte skapa meningsfull konst av det

52

hon släpat hem från ödetomten på Storgatan, eller om hon fortfarande kämpade med att foga in sina kaotiska barndomsminnen i den absurda teaterpjäs som hon nämnt ett antal gånger, efter några glas vin.

Motorn gick igång. Han svängde vänster in på Torngatan. Samma väg. Han hade lärt sig den bästa vägen. Det hade tagit några år.

De hade fått ett larm. Eller, inte larm, snarare en oro. En äldre dam uppe i Änglalunda hade ringt. Hon hade känt brandrök. I sitt sinne hade hon sett eldslågorna. Hon hade sett Viklundaskolan brinna ned. Hon hade hört skriken från en vaktmästare som inte hann ut efter att ha räddat en hel skolklass på mellanstadiet.

Så det fanns bara två alternativ: vidarebefordra till psykakuten eller rycka ut. Han var innerst inne en medkännande man, så han sammankallade sitt team, och ryckte ut.

Änglalunda var ett fint område, han skulle gärna flytta dit. Just den här förmiddagen sken solen som pånyttfödd efter flera månaders dvala – det var ju april. De stannade nedanför den äldre damens hus – han såg henne skyggt bliga mot dem, halvt dold bakom en vit spetsgardin. Huset var nog byggt på 40-talet. Han vinkade åt henne, men då försvann hon snabbt, och endast en svag krusning i spetsgardinen avslöjade att hon varit där.

Viklundaskolan, alltså. Han tog ett djupt andetag,

kände ingen brandrök. Såg fasaderna med bleknad graffiti. Där pågick säkert lektioner. Där ristade säkert en åttondeklassare in sin pojkväns initialer i skolbänken. Men brand? Katastrof? Han såg inget som tydde på det. Borde ha kontaktat psykakuten… Vijandra, en av de nytillkomna i hans team, ryckte på axlarna.

- Okej, chefen. Vad gör vi? Allt ser normalt ut.

Som alltid när hon pratade reagerade han först på hennes accent, som han tyckte var sympatisk på något sätt, och han tänkte, som så många gånger förr, att det var märkligt att hon lämnat Indien, gift sig och skilt sig, och slutligen hamnat i hans team. Och att hon nu hjälpte honom att försvara och förklara teamets existensberättigande i nedskärningstider.

- Jo, allt ser normalt ut. Vi återvänder.

Men just som han skulle fullborda meningen såg han ynglingen, och hejdade sig. Den unge mannen bar slitna jeans med stora hål på knäna, och en militärgrön tröja. Han bara stod där. Han bara iakttog. Han bara väntade.

Det var något bekant med honom.

Förmannen blundade, lade handen på Vijandras axel. Hon förstod. De skulle avvakta.

Förmannen öppnade ögonen. Ynglingen stod blickstilla, fuktade sina läppar. Viklundaskolan framskred i sina rutiner. Den äldre damens spetsgardin krusade sig åter.

Så tog ynglingen ett steg, och förmannen förstod. Det var bråttom. Han tog ett språng, kände hur Vijandras hand reflexmässigt grep tag om hans axel, och sedan släppte. Med bara några få steg nådde han fram till ynglingen, som skrämd vände sig om.

- Du måste fråga dig om det är värt det! sade förmannen, oväntat andfådd. Fråga dig det innan du gör något!

Ynglingen bara stirrade.

- Fråga dig det! Är det värt det? I nacken kunde förmannen känna Vijandras blickar, men nu var det försent att återgå till reglementet.

- Vadå värt det? Ynglingens röst var oväntat ljus, nästan målbrottsmässig.

- Du förstår nog. Jag har också varit där.

Ynglingen skakade på huvudet.

- Varit där?

- Du förstår nog! De stirrade på varann.

Och plötsligt förstod förmannen morgonens känsla, förstod temuggen, förstod den rödrutiga vaxduken.

- Det finns andra sätt! Just när han sade det började han tro det. Det finns andra sätt. Mindre... drastiska, mer krävande...

Ynglingen bara stirrade.

- Du kanske måste stanna hemma ibland, bara lyssna. Du kanske måste ta upp en rostig kardanaxel, och försöka

se skönheten. Du kanske måste... jag vet inte... låta
tatuera dig... gå upp väldigt tidigt och se förorten vakna...
   Ynglingen bara stirrade.
   - Men låt Viklundaskolan vara! Det är en riskabel väg.
   Ynglingen bara stirrade. Sedan vände han, och gick
därifrån. Den äldre damens spetsgardin krusade sig åter.
   Förmannen blundade. Kände än en gång Vijandras
hand på sin axel. Väntade. Avvaktade. När han öppnade
ögonen låg Viklundaskolan kvar. Det var dags att
återvända till stationen. Vijandra klappade honom tafatt.
   - Vad hände?
   - Vet inte. Tar ledigt resten av dagen.
   När han kom hem låg vaxduken ihoprullad i ett hörn,
och tystnaden i lägenheten var kompakt. Men han gick
rakt in, fann henne ihopkrupen i ett hörn i soffan,
omfamnade henne.
   Och nu, äntligen, möttes deras ögon!

I skärningspunkten

Det är i skärningspunkten han lever. Det vet han. Just i den förbaskade skärningspunkten. Det är därför han känner sig så splittrad. Det är därför tusen trådar löper ut från hans kropp; snärjer honom, sliter honom itu.

Man tycker att han någon gång skulle vänja sig, men inte fan gör han det. Varje morgon är han lika ovan vid sitt liv. Varje morgon är han lika oförberedd inför det som ska möta honom. Varje dag är en ny oväntad skapelse, en abstrakt tavla som förbryllar honom.

Kanske idag, tänker han ofta. Kanske ska det fixa sig idag, kanske ska Förklaringen dyka upp. Svaret. Meningen.

Men han vet ju att det inte ska hända. Inte idag heller. Lever man i skärningspunkten så gör man. Då är det ont om förklaringar och svar. Då är det ont om allt, utom om en själv. Sig själv hittar man överallt, i en sprucken spegel, i en trasig cykel. Man ligger och dräller överallt. Det går bara inte att komma undan.

Kanske idag, tänker han ofta. Kanske kan jag idag koncentrera mig på något annat. Någonting som inte rör mig själv så mycket. Något som inte har rötter i min ångest.

Men inte fan.

Allt leder in mot centrum, in mot en själv.

Men just idag händer i alla fall något:

Han möter Marika. Hon sitter på gräsmattan i stadsparken och glor ut över ån. Precis under Guds hand sitter hon. Guds hand, statyn som visar hur människan är helt i Guds våld, helt beroende av den högre makten.

Där sitter hon. Där sitter Marika. Under Guds hand i stadsparken i Eskilstuna. Med Klosters kyrka i ryggen och stadskärnan mitt emot sig, på andra sidan vattnet. Hon sitter där just därför att hon sitter där. Det känner han när han går förbi. Inte väntar hon på någon, inte har hon bestämt träff med någon. Hon bara finns där för att hon inte finns någon annanstans. Och Marika heter hon. Men det får han inte veta förrän senare.

Han sätter sig bredvid henne. Nej, han dimper ned. Och blir liggande, lutan mot armbågen, iakttar henne tyst. Hennes ögon lämnar vattnet. Bruna är de, kattögon. Bruna tysta kattögon.

Ingen säger något. Sällan har ingen sagt så lite.

Inte gör det honom något. Han är långt bortom normal konversation. Han är bortom sin uppfostran, bortom skrivna och oskrivna regler.

Bara iakttaga. Så ska han tillbringa dagen. Se på henne. Se på hennes ansikte. Det är plötsligt mycket viktigt att se på hennes ansikte. Lägga hennes drag på minnet. Just så ser hon ut. Just så, just nu. Allting annat är ovidkommande, ointressant.

Han känner henne ju. Eller igen sig själv, kanske. I hennes ögon finns samma dissonans, samma falska mollackord som flyter omkring inom honom.

Även Marika har visst skurit sig.

Det är då samtalet börjar:

– Du, säger hon, har du en cigarett?

Han rycker till inför det otroligt vanliga, otroligt konkreta i hennes fråga. Så långt ifrån fantiserandet om falska mollackord i blodet.

– Nej, svarar han, en cigarett har jag inte. Inte det heller.

– Då kan du dra åt helvete!

Han skrattar. Rullar över på rygg. Ser fantasieggande molnformationer segla fram över valvet. En deformerad ko, ett bekant ansikte. Hans eget. Inte ens i skyn får han vara i fred för sig själv.

– Är det inte där vid är? Det trodde jag.

Hon svarar inte. Låter bara ögonen rulla tillbaka ned i vattnet. Där guppar de stilla medan strömmen för dem bort. Långt bort. Mot främmande länder och tider. Mot främmande versioner av henne själv som en gång suttit just här där hon sitter idag. Andra människor som hon varit. Mjukare människor som aldrig skulle be någon dra åt helvete.

Det var innan Tillvaron ristade in några outplånliga tecken i hennes själ.

- Helvetet, avdelning Eskilstuna. Nittiotusen förtappade själar i Tempos specialtillverkade brännugn...

Ett leende snuddar vid hennes läppar.

- Jävla poet!

Och så svävar leendet bort över gräset. Men i honom har det lämnat ett spår. Det värmer. Ett leende, en liten gnista av kontakt. Han känner det oerhörda behov som skärningspunktens gnisslande har skapat i hans kropp. Behovet av gensvar. Behovet av någon att bottna i. Som förstår.

- Jag är ingen poet.

Och inte är han det. Men på något sätt måste man ju hålla tomheten stången.

- Och inte har du några cigaretter...

- Nä. Det är bara skit med gubben!

Nu stannar leendet längre. Hon vänder sig om. I hennes vänstra ögonbryn bor en liten ekorre som försiktigt

sticker fram sin nos och vädrar. Ska den våga sig ut?
Farorna är många, men nötterna börjar ta slut.

  - Egentligen är det väl skit med det mesta…

  - Kanske det.

Och plötsligt är ju samtalet igång. Trevande ord knyter
ihop deras trådar, trampar upp små stigar mellan dem.
Ord och blickar; tankar som ramlar ut genom ögonen och
söker tvillingar, eller i alla fall kusiner.

  - Och du bara sitter här, och glor?

  - Ja, det blir så ibland. Man tappar liksom gnistan,
sjunker ihop.

  - Som om inte jag skulle veta det! Här ser du en som
tappat fler gnistor än de flesta! Äntligen kommer det ut.
Äntligen hittar han bokstäver som kan nagla fast den
förlamande känslan inom honom.

  - Jag har till och med hittat på ett ord för det;
skärningspunkten. Man lever i skärningspunkten. Vet
aldrig vem man är imorgon.

Marika nickar. Orden träffar rätt. Hon känner igen sig,
för första gången på länge.

  - Om man ändå var tonåring. Då kunde man skylla på
puberteten. Men vad ska man skylla på nu?

Han tystnar. Det är inte lätt att beskriva allt som surrar
och gnisslar i huvudet. Men ändå känner han att han har
kommit en liten bit på väg. Ett litet steg, några
mödosamma decimetrar.

Skärningspunkten…

Marika suger på ordet. Det är bra. Hon förstår det inte riktigt, men det stämmer på något sätt. En skärningspunkt i ett litet lokalt helvete. Stora åskmoln av ångest som man sakta måste tränga in i. Åska, blixtar och… regn.

Hon känner hur tårarna kommer. Som en uppdämd vårflod som äntligen lyckas bryta sig igenom dammen. De strömmar ut från någon dunkel plats djupt inne i henne, genom igenvuxna kanaler ut i friheten i hennes ögon.

Men hon skäms inte. Det är det som är det konstiga. Hon känner honom inte, men vågar ändå falla sönder inför honom. Vågar ramla mot hans axel, vågar be om stöd.

Och stöd får hon. Han känner hur han blir starkare. Han lägger armen om henne och är plötsligt en som vill trösta, vill hjälpa. Inte längre ensam i sin kamp för att få någonting att stämma. Medveten om en annan människas kanske lika hårda kamp.

Hon sätter sig upp igen, torkar tårarna ur ögonen, ser på honom. Nu är det alldeles för sent att krypa in i sin gamla roll igen, eller att hitta en ny mask. Hennes ansikte är alldeles naket, öppet, sårbart. En fjäril som just krupit ur sin kokong och för första gången sträcker på sina nya vingar. Rädd att flyga kanske, men angelägen att försöka.

- Ja, här sitter man och tjurar som en annan barnunge…

- Kan nog behövas ibland.

Det skulle han nog behöva göra ganska ofta, själv. Få utlopp för allt som trycker på. Men pojkar gråter ju inte. Pojkar lär sig bygga murar i stället. Bygga murar och trimma mopeder. Lär sig skydd och flykt. Växer upp till män, och torskar på porrfilmerna på TV1000.

Eller hamnar i skärningspunkten.

Eller träffar Marika.

Han reser sig upp.

- Kom, vi går och tar en fika. Eller en öl.

Tillsammans lämnar de stadsparken i Eskilstuna. Två som kanske funnit en annan. På väg att riva ned murar, bränna helveten till aska och få verkligheten att slå rot i blodet.

Eller kanske bara dricka en kopp kaffe…

(Publicerad i Byggnadsarbetaren 1980 och i
I Carlssons Klister 1980)

Duvan vid Sacre-Coeur

Det var den där duvan vid Sacre-Coeur. Den där duvan som avvek från flocken. Som skrockade, sökte brödsmulor eller annan mat. Som var totalt omedveten om i vilken stad den befann sig. Som inte hade en aning om det franska språkets intrikaliteter.

Just den duvan.

Hon hade sett den. Sänkt turistkartan. Tagit in den. Tänkt påtala den för sin man. Men han var fullt upptagen med att fotografera kupolen, och utsikten. Så duvan fick bli hennes minne, ett av många. Paris var ju så rikt. Hon hade samlat på sig så mycket.

Som bara frukosten. När hon kommit dit en stund före sin man. Sett utbudet. Känt sig lyxig, utvald, priviligierad. Att bara kunna välja. Rosta ett bröd, ta ett lagom kokt ägg, några paprikaskivor över skinkan på det nyrostade brödet. Allt för henne. Eller, kanske inte för henne personligen, men för den person som skaffat sig hennes position – turistens, den som behövde passas upp, bara njuta av vistelsen, koppla av. Hon hade tagit en melonklyfta, sett den gnistra på assietten, sedan sugit i sig dess sötma. Just i den sekunden varit ensam i världen – hon och melonsaften, hon och melonskalen.

Och så hade hennes man kommit, nyduschad, nyrakad, med en helt annan nyfikenhet än hon sett hos honom de

senaste åren. Plötsligt var det så mycket han ville se, ville
uppleva. Precis som hon. Och de hade planerat sina dagar
som två nyförälskade tonåringar – allt fanns kvar att se,
att upptäcka!

De hade åkt upp i Eiffeltornet, naturligtvis hade de
gjort det. Och hon hade sett världsmetropolen breda ut
sig långt under deras fötter. Paris. Där låg Paris. Här stod
hon, nära sin man sedan många år, och där låg staden
Paris, som hon så länge drömt om att få se. Just då var
allt perfekt.

Och så caféerna. De hade hittat just de bord hon drömt
om hemma i Sverige. Små, runda, nära trottoarernas
vimmel, nära samtalen, det ständigt pågående sorlet. Hon
en café crème, han en pytteliten espresso.

- Det var bra, sade hon en kväll nära kyrkan Saint-
Germain-des-Près. Det var bra att vi åkte hit.

Hennes man nickade.

- Bra... Hon skrattade till, kände sig lätt, nästan
oansvarig. För det var ju det här med detaljerna. Dem
hade hon inte förutsett. Att Paris var så fyllt med detaljer.
När de planerat resan hade hon mest sett de traditionella
bilderna – och de hade ju funnits i verkligheten, och även
motsvarat hennes förväntningar. Men detaljerna... Duvan,
melonskalen, ynglingen som strök snabbt med fingret
över en punkt i métro-nedgångens vägg – som om hans
älskade dolt sitt fingeravtryck där. Hon

överväldigades av alla dessa detaljer, och ville så gärna ta dem till sig.

Varför hade de väntat så länge med att åka hit?! Alla dessa år som bara runnit iväg... Nej, nu var hon orättvis, det kände hon. De hade ju upplevt så mycket tillsammans, gjort så mycket annat. Men drömmarna hade ju funnit där, nästan hela tiden.

Och nu var de här. I Paris.

Sista dagen hade redan kommit. Och duvan vid Sacre-Coeur pockade på hennes uppmärksamhet. Den hade något att säga henne. Dess näbb, dess sätt att undvika flocken, att hitta sina egna korn.

Hon tog tag i makens kamera, sänkte den, ville få honom att se. Pekade mot duvan.

- Ser du?
- En duva. Ja..? I hans tankar fanns fortfarande kupolen

kvar, kameravinklarna.

- Den är sig själv, avviker.

- Duvan?

- Minns du när vi träffades? För hundra år sedan.

- Ja? Hennes make såg förvirrad ut, fingrade på kamerans objektiv, som om samtalet behövde finjusteras.

- Då valde vi kanske varann som den där duvan väljer... sina korn, maskar, eller vad den nu vill ha.

Han skrattade till.

- Valde vi varann som maskar?

- Du förstår vad jag menar!

- Nej, det gör jag banne mig inte. Men jag märker att du uppskattade det där extra glaset vin till lunchen...

Hon ryckte på axlarna.

- Nej, jag kanske inte heller förstår vad jag menar, egentligen. Men vi gick vår egen väg, gjorde våra egna val. Fick vårt liv. Även om det väl kanske inte blev precis som vi hade önskat. Jag menar, med barn och så...

Det var ju deras stora sorg, att de inte fått några barn. Men den sorgen hade nu införlivats i deras liv, blivit ett med deras vardag. De hade inga barn, vissa par hade inga barn – de var ett av de paren, det var bara att acceptera.

- Nej, några barn fick vi inte.

- Men vi har väl haft ett bra liv i alla fall?

- Ja, det har vi. Han lät kameran försvinna in i fodralet. Resten av den sista kvällen skulle få bli upplevd i nuet, ej sparad.

- Nu följer vi duvan!

Och duvan, troligen omedveten om den betydelse den fått i två okända, medelålders svenskars liv, fortsatte sin något aparta jakt efter föda. Snart var den några trappsteg ned, snart försvann den bakom en papperskorg.

De såg på varann.

- Duvan borta! Sade han med ett leende. Nu är det bara vi två, och Paris.

Hon nickade. - Och hotellet väntar...

De reste sig absolut samtidigt. Satte kurs mot rue Monsieur le Prince.

- Och vet du vad jag såg i den Le Figaro som låg i frukostrummet i förmiddags? sade hon och tog ett stadigt grepp om hans arm.

- En annons om billiga resor till New York...

Inviten

Olof Sandström hittar en ledig bänk just där gågatan mynnar ut i Stortorget. Han slår sig ned, och andas in den ljumma försommarluften. Trots att kvällen börjar bli sen är det fortfarande ljust. Han tar en tugga av den grillade korv som han just har inhandlat, och blickar ut över den öppna platsen.

Där tronar Karl X på sin ryttarstaty, och bakom honom, på andra sidan torget, tornar Kramer hotell upp sin ståtliga fasad. Om han vänder blicken mer åt höger kan han se det lika ståtliga rådhuset från sidan, och i vinkel mot det länsresidenset. Det här är den del av Malmö som Olof tycker allra bäst om. Det är storslaget, luftigt, och vackert.

Han avslutar korven, och övergår till att betrakta människor i stället för byggnader. Det är fredagkväll, och de unga malmöiterna, samt kanske sommarens allra första turister, gör sig redo att inleda helgens firande. Några styr stegen just mot Kramer-huset, kanske är det puben där som lockar. Andra har bestämt sig för en helkväll på Trocadero night-club, och åter andra har siktat in sig på Etage.

Olof tycker att det är mycket intressant att iaktta dem. Han studerar deras klädsel, deras ansiktsuttryck, och lyssnar på de brottsstycken av deras samtal som han hinner höra när de passerar hans bänk. Han fantiserar ihop intriger, och placerar dem i de olika paren. Han försöker tänka ut vilka som kommer att träffas ikväll, och vilka som kommer att skiljas. Vilka som kommer att bli förälskade, och vilka som kommer att finna en partner för natten, utan minsta kärlek.

Det är just när han följt ett sällskap på två strikt klädda gentlemän och deras följeslagerskor med blicken som han blir medveten om att han själv också är iakttagen.

På bänken bredvid hans sitter en medelålders man i en något sliten grå kostym. Håret är gråsprängt, och ansiktet har börjat fåras av rynkor. Av någon anledning ger han intryck av att vara en handelsresande, även om Olof aldrig tidigare har reflekterat över att en sådan skulle se ut på ett speciellt sätt.

Det är denne man som iakttar Olof. Han måste ha suttit där hela tiden, men Olof har inte märkt honom förrän nu. Det är inte en sådan man som man lägger märke till.

När Olof möter den andres blick tittar denne åt ett annat håll. Men snart återvänder ögonen igen. De är lite vattniga, och de har ett uttryck som Olof inte kan tyda. Rädsla? Osäkerhet? Han blir plötsligt illa till mods, men han kan inte förstå varför.

När mannen ser att Olof uppmärksammat hans närvaro försöker han inleda ett samtal.

- Fint väder ikväll, säger han.

Olof nickar instämmande. - Jo, det är det.

Det verkar som om mannen känner sig uppmuntrad av detta vänliga bemötande.

- Och det är en fin stad, Malmö, fortsätter han. Jag är bara på genomresa, lägger han till, förklarande.

Olof nickar än en gång. En nick som betyder både Ja och Jaså.

Mannen kastar ett ögonkast ut över Stortorget, men fixerar sedan genast blicken på Olof igen.

- Bor du här? frågar han och ser plötsligt rädd ut igen, som om han tror att han visat sig alldeles för nyfiken.

- Ja, jag har bott här ett år, säger Olof, och försöker förstå varför han fortfarande är så illa till mods. Den andre känner sig ju tydligen bara ensam, är en främling i staden, och vill ha sig en pratstund. Vad är det med det?

Mannen fingrar lite på sin kostym, som om han försökte räta ut några skrynkligheter, och säger:

- Ja, själv ska jag resa vidare imorgon. Till Köpenhamn, och sedan upp till Göteborg.

Olof torkar sig om munnen med servetten som han fick till korven, och slänger sedan papperet i en papperskorg. Han börjar fundera på om han ska gå hemåt. Men det känns lite svårt att gå när den andre tydligen är så pratsugen.

- Bor du i Göteborg, då? frågar han, för att säga någonting.

Mannen ler ett hastigt leende, som liksom bara snuddar vid hans läppar.

- Ja. Det är också en fin stad.

Det verkar som om han märker att Olof börjar göra sig redo att gå, för plötsligt blir det underliga uttrycket i hans ögon ivrigt, nästan desperat. Med en röst som låter spänd och dämpad hasplar han ur sig:

- Du har inte lust att ta en promenad?

Olof stirrar på honom. En promenad? Vad menar han? Sedan börjar han förstå, och samtidigt tycker han sig även förstå uttrycket i den andres ögon. Det är inte bara rädsla, det är skam också. Skammen över att behöva blotta sig.

- Nej, jag ska nog gå hem, säger han, och funderar på vad han känner. Äckel, javisst, men också medlidande, och... Ja, det är så mycket. En kort sekund far djävulen i honom och han tänker att Varför inte? En halvtimme på den andres hotellrum, och kanske några tjänade hundralappar. Men han slår genast tanken ifrån sig. Han skulle aldrig klara av det, och förresten vet han ju inte hur man GÖR.

Istället reser han sig upp, och säger så vänligt han kan:

- Tack för pratstunden. Hej då.

Den andre nickar, men vågar inte möta Olofs blick. Det verkar som om skammen har blivit ytterligare några kilo tyngre för honom. Nu orkar han knappt lyfta huvudet.

Olof står kvar ett tag, och tvekar. Han vill säga något. Det gjorde inget! eller Du behöver inte skämmas!, men han tycker bara det känns fånigt, så han vänder sig tvärt om och går därifrån.

När han passerar förbi ryttarstatyn ser han upp mot den långsamt mörknande himlen. Däruppe svävar en vit mås. Den gör en vid gir över torget, och vänder sedan näbben mot havet. Den passerar över Centralstationen, och når snart kranen vid Kockums varv. Där låter den sig sjunka, och sveper tätt över en flygbåt som just kommer från Köpenhamn. Sedan tar den några snabba tag med vingarna för att vinna höjd igen, och fortsätter ut över sundet.

Snart har den lämnat staden och människorna långt bakom sig. Men ändå fortsätter den.

Dess ögon stirrar stelt och kallt rakt fram. Som alltid är den på jakt. Och den känner aldrig, aldrig någon skam.

(Publicerad i Byggnadsarbetaren 1984)

Bron

Var det någon gång i augusti som tanken först hade dykt upp? Han var inte säker. Han visste bara att den plötsligt hade funnits där med en besk bismak av fruktan. Den hade gripit tag i honom, förändrat hans syn på saker och ting, gjort honom osäker och tveksam.

Och allt beroende på denna bro.

Det var en alldaglig bro. Den hade inget olycksbådande över sig, och var inte utsmyckad med några ornament som skulle ha kunnat särskilja den från andra broar som byggdes under samma tidsperiod, i början av nittonhundratalet. Han måste ha passerat över den tusentals gånger utan missöden, till och från sitt arbete, utan att ens reflektera över den.

Men det var innan tanken slog rot.

Först var tanken bara en fundering, kanske lite kuslig men oförarglig. Men efterhand som dagarna gick växte den sig allt starkare och hemskare, och när oktober månad inträdde hade den fått honom så i sin makt att han nästan sprang över bron och försökte undvika, så gott det gick, att se ner i kanalen. Alltid trängde dock någon glimt av det mörka, långsamt flytande vattnet igenom hans skyddsgluggar, och för varje glimt blev synen alltmer tydlig och detaljerad. Det skulle vara mycket bättre om man hade kunnat se bottnen, sade han till sig själv. Nu var det bara vatten, bara mörker.

Han började få svårt att sova på nätterna, ibland jobbade han över bara för att uppskjuta promenaden några timmar. Men det hjälpte ju inte; kvällsmörkret gjorde bara vattnet ännu mörkare, ännu hemskare. Han försökte på en karta hitta någon annan väg han kunde gå. Men alla andra vägar var ordentliga omvägar, och alla ledde över broar, och under alla broar flöt samma vatten.

Sedan var det tidningsskriverierna. De blev allt fler. Snart skulle tidningarna vara fyllda med artiklar om dessa olyckor. Det var sällan några närbilder, men hans hjärna blev allt skickligare på att framkalla makabra detaljer ur tomma intet. I slutet av december visste han precis vilken inverkan tre veckors vattenbad hade på en kropp.

Det värsta var att ingen föreföll skonas. Det var män, kvinnor och barn av alla samhällsklasser. En dag läste han om ett tillbud som hade inträffat i en stad bara någon mil ifrån hans egen. Då sade han upp prenumerationen på tidningen. Detta gav honom ett andningshål. Men löpsedlarna kunde han inte värja sig emot, och inte radions nyhetssändningar. Snart vällde historierna in över honom igen, och han gruvade sig alltmer för den syn som skulle göra dessa historier verkliga.

Det var någon gång framme i november som drömmarna började komma, under de korta stunder han sov. Det var hemska, underliga drömmar som alla hade någon anknytning till bron, eller till vattnet. De flesta lyckades han glömma på några timmar, men det var en som återkom gång på gång, och som därför etsade sig fast i hans sinne.

Den började alltid med att han kom gående längs kanalen, ungefär femtio meter från bron. Allt såg ut som i verkligheten, kanske var vattnet lite mörkare, strömmen lite stridare. Han var ensam. Han frös, det var en kylig höstdag. Plötsligt fick han se en lång kö som ringlade sig fram. Alla stod tysta, väntade tålmodigt, nästan uppgivet. Han försökte se vad det var de väntade på, men blicken hindrades av ryggtavlorna. För att komma vidare måste han tränga sig igenom kön. Motvilligt släppte människorna fram honom. Det första han såg när han kom igenom var en enorm hög med kläder. Gamla malätna rockar, kappor och jackor i alla storlekar och färger. De låg slängda till synes i en enda röra, men ändå fick han en känsla av att de var placerade efter ett visst system.

Bakom klädhögen, vänd mot människorna, stod en storvuxen, skäggig man med något groteskt i sitt utseende. Hans väderbitna ansikte och blodsprängda ögon ingav olust. Han var klädd i paltor som tycktes komma från den hög han hade framför sig. Ovanför hans huvud satt en prislista, och människorna som stod längst fram i kön hade alla sedlar som de höll krampaktigt i sina händer.

Allra längst fram stod en liten tunnhårig man i en sliten grå kostym. Han såg ut som själva urtypen för en tjänsteman i något statligt verk. Han var mycket upprörd, och grälade högljutt med den skäggige, som dock tog det lugnt. Tydligen gällde det priserna. Till slut insåg uppenbarligen den tunnhårige det meningslösa i att fortsätta diskussionen. Kanske var han rädd för att bli bortkörd. Han tystnade, lämnade fram en tjock sedelbunt, och pekade upp mot prislistan. Den skäggige nickade allvarligt, kanske lite hånfullt, bläddrade igenom pengarna och stoppade dem sedan i en konduktörsväska som han bar på magen. Därefter började han rota i lumpen, och dök snart upp med en mörk, pälskragad rock i näven. Den tunnhårige ryggade tillbaka, som om han hade sett ett spöke, och nickade sedan ivrigt. Då tog den skäggige fram en lapp ur sin väska och räckte den till sin kund. Sedan började ha med låg röst förklara något. Han pekade på lappen och bort mot bron.

Det var omöjligt att höra vilka instruktioner den tunnhårige fick, och lappen stoppade han snabbt ned i sin ficka. Sedan slängde den skäggige rocken som han nyss hade sålt med en nonchalant rörelse över axeln ned i kanalen, och den tunnhårige började samtidigt halvspringa i riktning mot bron.

Där slutade alltid drömmen, och den efterföljdes ofrånkomligen av samma brinnande huvudvärk.

Under tiden som drömmarna hemsökte honom under nätterna blev bron allt hotfullare om dagarna. Snart skulle den vara ett oöverstigligt hinder. Han skulle bli tvungen att säga upp sig från sitt arbete och stanna hemma, eller bara röra sig i de kvarter som låg mellan hans hus och kanalen. Det skulle bli en torftig tillvaro. Han hade inte många vänner, men de han hade bodde alla på fel sida av kanalen. Ibland fick han lust att prata med någon av dem om sina tankar, men han visste att de inte skulle förstå. De skulle tro att han var galen, och dra sig undan honom, Han skulle bli ännu ensammare, ännu mer isolerad.

Det var med sådana dystra funderingar i huvudet han vandrade hemåt den där dagen någon vecka före lucia. Än hade ingen snö fallit, men ett kallt, otrevligt regn sköljde över staden. Han huttrade i sin tunna jacka, körde händerna djupt ned i fickorna, och önskade att han var hemma. Men än var det långt kvar, än låg bron mellan honom och hemmet. När han närmade sig den ökade han automatiskt takten. Än en gång skulle han pina sig över den där betongklumpen, än en gång skulle han försöka undvika att titta ned i vattnet, som idag verkade mörkare och hemlighetsfullare än någonsin.

Där var den. Så fort han fick syn på den spändes musklerna i hans kropp, som om han ville försvara sig mot ett anfall, som om bron skulle resa sig upp i sin fulla längd och förvandlas till det monster den egentligen var. Men den låg kvar, väntade. Med en djup suck tog han de första stegen ut på den.

När han var halvvägs över kunde han, som vanligt, inte hålla sig, utan kastade en blick över räcket. Sedan stannade han, som slagen av blixten. Nu hade det hänt! Det som han hade fruktat så länge hade slutligen

inträffat! Där kom den flytande. Trots att den bara
avtecknade sig som en lite mörkare kontur mot vattnet
drog den obönhörligt hans blickar till sig. Den
fascinerade honom, han kände en blandning av äckel och
lättnad. Han ville springa därifrån, men kunde inte.
Oändligt långsamt kom den makabra skuggan närmare.
Nu såg han dess armar sträcka sig ut åt sidorna som i en
sista desperat omfamning. Men den här gången var det
den försökte omfamna alltför stor, alltför djupt, alltför
kallt. Det blev bara en patetisk gest. Snart skulle ansiktet
synas, snart skulle ögonens vithet öppna sig, och den
stelnade blicken möta hans. Han undrade om det skulle
vara så hemskt som han hade upplevt det otaliga gånger
inom sig.

Nu var kroppen bara ett tiotal meter bort. I
ögonspringan såg han plötsligt en annan man som också
stod och stirrade, väntade, med händerna hårt knutna runt
broräcket. Denne man verkade lika förskräckt, men ändå
underligt förväntansfull, som han själv. Hade han också
sett synen inom sig förut? Var de fler om samma skräck?

Fem meter. Så äckligt långsamt den flöt, som om den
avsiktligt ville dra ut på plågan. Men nu måste snart
ansiktet synas, nu kan det inte dölja sig längre. Vågorna
får kroppen att gunga, att rulla runt på ett nästan graciöst
sätt, som om den dansar till en sugande, magisk melodi.

Fyra meter. Tre. Nu är den snart rakt under bron, och

nu kommer en våg som är större än de andra. Den kommer att vända honom runt, den kommer att rikta den döda blicken uppåt.

Nu! Vågen. Armen som flyger upp nästan som i en hälsning. Och ansiktet… Nej! Inget ansikte. Tomt. Mörker.

Det finns inget ansikte. Inga händer, inga ben.

Först vill hjärnan inte förstå, paralyserad som den är av skräck och längtan. Men till slut lyckas han få sin kropp och själ att inse det otroliga; det är inget lik. Bara en gammal regnkappa som någon tappat i vattnet.

Han känner hur han sjunker ihop. Alla spända leder slappnar av, han andas ut den luft han hållit inne i lungorna en lång stund. Så löjligt det var egentligen alltihop, att skrämma upp sig så där! Han ler, för första gången på länge, och vänder sig mot mannen bredvid för att tillsammans med honom skratta åt situationen. Men den andre står kvar i samma ställning, knogarna är alldeles vita av det krampaktiga greppet om räcket. Han fortsätter att stirra ned i vattnet, som om han ännu inte har upptäckt att det inte är en drunkningsolycka de är vittne till.

Men det har han visst, för i nästa sekund öppnar han munnen och säger med ett dämpat, mekaniskt tonfall, som om han läste från ett papper:

- Å så skönt. Bara en gammal regnrock.

Poeten, minnet

- Jävla poet!

Han såg förvirrat upp, just när han än en gång skulle skriva sitt namn i den tunna diktsamling han debuterat med på ett lokalt förlag.

- Förlåt?

Kvinnan framför honom såg vagt bekant ut, men han kunde absolut inte placera henne.

- Ööh, ska jag skriva någon hälsning, eller?

Kvinnan skakade långsamt på huvudet, log ett svårtydbart leende.

- Jag sade ju det!

Ännu mer förvirrad ritade han en kråka som skulle föreställa hans eget namn i boken.

- Då skriver jag bara mitt namn, då...

- Det var det här med liknelserna, dina drastiska bilder, Tempos brännugn...

Han räckte över boken, ännu mer förvirrad. Kastade en blick mot en av de andra lokala förmågorna som kallats in till denna "Litterära eftermiddag med debuterande Eskilstunapoeter", som evenemanget lite otympligt kallats i lokalpressen. Men den andra lokala förmågan var inbegripen i en diskussion med en av ortens bibliotekarier, och kunde inte erbjuda något stöd.

Kvinnan stod kvar, fingrade förstrött på boken hon just

fått signerad.

- Du minns inte punkten, va?

- Punkten? Han rynkade pannan. Hur tillräknelig var hon? Kunde hon bli våldsam, plötsligt slita upp en kniv? Han såg löpsedlarna framför sig – "Debuterande poet knivdödad av förvirrad kvinna". Det skulle nog i och för sig få hans anspråkslösa diktsamling att sälja bättre, det var han övertygad om. Men inte ville han bli ett ungt, tidigt bortgånget geni. Dessutom var han ju inte så ung längre. Och geni... nja...

- Skärningspunkten!

Då föll bitarna plötsligt på plats.

- Marika?

Han såg stadsparken framför sig. Guds hand. Flickan han ramlat ned bredvid. Samtalet som plötsligt hade uppstått.

- Herregud! Jag har tänkt på dig – funderat över vart du tog vägen.

Hon var så förändrad. Såg äldre ut, liksom säkert han själv också gjorde. Håret var mycket kortare, rynkorna fler. Men ögonen! De var sig lika, insåg han. Det var ju ögonen han fångats av förra gången de träffades.

- Varför hörde du aldrig av dig?

Hon skrattade till. - Varför hörde aldrig DU av dig? Men vi bestämde ju inget, lovade inget...

Han nickade. - Vi trodde väl att det skulle lösa sig av

sig själv. Vi var så unga.

- Du är väl fortfarande ung? Debuterande poet, ung litterär talang...

- Nja, samma förvirrade yngling som under Guds hand. Har bara formulerat förvirringen lite bättre, samlat den mellan pärmar...

- Läser du en dikt för mig?

Han tvekade, såg sig omkring. Den redan förut blygsamma uppslutningen vid sammankomsten hade reducerats ytterligare, och han tvivlade på att någon av de få som var kvar var där för hans skull.

- Kom, vi drar!

Han reste sig hastigt, och drog henne med sig i samma rörelse.

Fristadstorget låg nästan öde. En familj med två små barn stod vid korvkiosken och försökte bestämma vad de skulle köpa. Fontänen "Arbetets ära och glädje" förmedlade sina skulpturer med samma stela envishet som alltid.

Som av en tyst överenskommelse vek de av åt vänster, mot stadsparken och Klosters kyrka. En halvstark vind fick Eskilstunaåns yta att vecka sig i vindlande vågor. Guds hand fanns kvar. De sjönk ned i gräset.

- Nu då, läser du en dikt?

- Borde vi inte först reda ut vad vi gjort sedan sist, hur vi lyckats i våra liv, med våra drömmar, våra relationer..?

Marika skakade på huvudet. - Nej. Läs en dikt!

Han bläddrade i sitt häfte, som plötsligt kändes tunnare än någonsin. Men insåg ju egentligen genast att han inte hade något val.

- Okej, är du redo?

Marika nickade. - Jadå, jävla poet!

- Sidan 38: "När vi ses igen exploderar kyrkan, och handen lyckas äntligen gripa tag! När vi ses igen har åns vatten äntligen nått sin ursprungskälla, och brännugnarna förbrukat sitt virke – då finns endast vi två, i otaliga kombinationer världen över, i New Delhi, i Hanoi, i Karesuando, då finns endast vi! Och jag når din hand..."

Marika blundade. - Ja, visste väl att du skulle välja sidan 38! Även om det inte hade varit jag som slitit ut dig ur den litterära eftermiddagen!

- Men nu var det du...

- Nu var det jag.

Tempo var för länge sedan försvunnet, stadshotellet hade brunnit och byggts upp på nytt, generationer blomsterlökar hade grott i stadsparkens mylla – men vissa saker förblev desamma.

Han tog hennes hand. - Men nu skiter vi i kaffet, va?

De följdes åt österut.

Det fanns inget slut.

Doktor S

Tre nötta trappsteg av sten. En väldig ekdörr, och ett handtag format som en lejontass. En tung portklapp av järn.

Jag lyfte den. Jag släppte den. Ljudet fortplantade sig ekande in i huset.

Snart kom någon och öppnade. Jag såg inte vem. Snart gick jag på den tjocka, röda mattan genom den dunkla korridoren med de dystra tavlorna. Snart öppnades ännu en dörr, av någon. Jag såg inte av vem.

Och där satt doktor S. I sin stol, bakom sitt breda, fullbelamrade skrivbord.

- Slå er ned, sade han. Ögonen var vakna, genomträngande. Glasögonen hade tjockt glas. Håret var gråsprängt.

- Ni har sänts hit av doktor… Ja, det spelar förresten ingen roll. Ni har sänts hit. Mitt jobb är att lyssna. Jag lyssnar.

Förväntansfullt lutade han sig bakåt. Hur skulle jag börja?

- Jag arbetar..., mumlade jag.

- Det kan ni hoppa över, insköt doktor S. Jag vet mycket väl var ni arbetar. Gå rakt på pudelns kärna, i stället!

Pudelns kärna? Jag svalde. Luften därinne var kvav och

instängd, kände jag. Öppnades aldrig fönstret?

- Jag har förstått..., började jag ånyo.

- Prata högre, så jag kan höra!

- Jag har förstått att jag besitter en ovanlig inbillningsförmåga.

Doktor S tog upp en pennkniv, och började förstrött peta naglarna med den.

- Ovanlig inbillningsförmåga? Hur då menar ni? frågade han.

Jag svalde. Luften *var* svår att andas.

- Jag menar... Jag inbillar mig saker.

Doktor S log. - Å? Det gör vi väl alla.

- Nej, jag menar inte så. Jag inbillar mig saker, och de blir verkliga.

Doktor S slutade le. - Verkliga? Hur då menar ni, verkliga?

- Påtagliga, konkreta...

- Min bäste herre, nu kom det något mästrande i doktorns tonfall. Jag vet mycket väl vad ordet "verklig" betyder. Vad jag försöker få er att förklara är *hur* de blir verkliga. Ta ett exempel.

Jag valde blint bland en mångfald sådana.

- För en vecka sedan - nu hade jag bestämt mig - inbillade jag mig att min arbetsbänk var en solbelyst sandstrand...

Nu log doktor S igen. - Det gör vi väl alla, från och

till.

- Men den *blev* verkligen en sandstrand! Jag tog med några sandkorn som bevis.

Jag stack ned handen i fickan, och tömde ut en handfull sand på hans skrivbord. Han såg på högen med avsky.

- Skulle det vara bevis, det där? fnös han. Den där sanden kan ni ju ha hämtat i vilken sandlåda som helst!

- Ja, medgav jag. Men se här... Jag knäppte upp skjortan. Se här!

Han såg. Han förstod ingenting.

- Solbränna! triumferade jag. Solbränna som jag fått en gråkall tisdagsförmiddag i november, på Almkvists Elektriska i Södertälje! Förklara den om ni kan!

Han bara stirrade. Ett tag trodde jag att jag hade gjort honom svarslös. Men så sade han, med en viss trötthet i rösten:

- Det finns solarier.

Solarier! Nu var det jag som fnös. Dessa trångsynta realister!

- Nåja, sade jag. Jag bryr mig inte om att försöka bevisa något för någon som *vill* vara blind. Det är inte därför jag är här.

- Varför *är* ni här, då?

Till och med det hade han glömt! Och då såg jag att fönstret faktiskt *var* igenspikat.

- Jag blev hitsänd, förklarade jag tålmodigt, för att mina

inbillningar påverkar produktionen på Almkvists Elektriska. Mina arbetskamrater strejkar. De vågar inte gå till jobbet, för de vet inte vilken av mina inbillningar de kan komma att vandra in i.

Doktor S fick en glimt, nästan av förståelse, i ögonen. Han lade ifrån sig pennkniven, och tog upp en nagelsax.

- Ni kan inte kontrollera era inbillningar? sade han.

- Nej. Äntligen!

- De har tagit överhanden?

- Ja.

- Ni dras med som ett...

- ...viljelöst kolli. Ja.

- Jag förstår.

Han förstod!

- Och så...

- Så har livet blivit outhärdligt. För mig och för min omgivning. Jag vet inte var jag kommer att vara när jag vaknar på morgonen, jag vet inte vilket språk jag ska tala, jag vet inte vilka kläder jag ska ha på mig.

- Ett problem. Jag förstår. Doktorn nickade.

- Och värst av allt... Jag svalde. Nu kom det.

- Värst av allt är att jag inte vågar lita på någon. Allt och alla kan ju vara inbillning, och allt kan ju försvinna...

- Ni är misstänksam?

- Ja, lindrigt sagt. Jag drar mig undan från människor. Hur ska jag kunna veta om de existerar?

- Och så sände doktor...

- Nej! Nu skrek jag. Igen. Att jag aldrig lärde mig! Han var också en sådan!

- En inbillning? Doktor...

- Ja.

- Men hur kom ni då hit?

Jag slappnade av. Nu var det värsta överstökat. Vad gjorde det att fönstret var ingenspikat?

- Uppför en trappa. Fyra nötta trappsteg. Ett handtag format som en björnram. En korridor. Och ni...

- Ja...

- Ni...

- ...

Jag såg på honom med vemod. "Doktor S". Jag undrade var han hade kommit ifrån.

Det var tur att jag började få en viss rutin. Jag hade äntligen, efter många besvikelser, förstått att det var bäst att dra till med en rövarhistoria om de frågade något innan de försvann. Och det här hade varit en av mina bättre. Inbillningar som blev verkliga på Almkvists Elektriska i Södertälje! Jag kände mig nöjd med mig själv.

Aldrig någonsin ska jag berätta hur det egentligen förhåller sig.

Lögnen

Som vanligt kom jag i god tid till min mottagning. Jag tyckte om att sitta där ett tag i ensamhet och samla mig innan patienterna anlände. Jag såg mig om med välbehag i det omsorgsfullt möblerade och inredda rummet. Tapeternas och gardinernas mörka färger matchade varann perfekt, och mitt skrivbord stod som en stadig mittpunkt i ett litet välordnat universum.

Allt låg på sin plats; almanackan, pennorna och linjalen. Datorn väntade tålmodigt på att tas i bruk, och den medicinska facklitteraturen stod alfabetiskt uppställd i bokhyllorna bakom min rygg, med all den kunskap jag kunde ha användning för i mitt dagliga värv.

Efter några rogivande minuter hördes så fröken Paulssons försynta knackning på dörren, och efter att jag bett henne stiga in dök hennes lilla nätta figur upp i dörröppningen.

- God morgon, doktorn! sade hon.

- En synnerligen god morgon, själv, svarade jag, och log. Fröken Paulsson var en pärla. Ingen kunde som hon hålla reda på alla papper och tider.

- Några patienter idag?

Det var vårt stående skämt.

Fröken Paulsson skrattade som vanligt, och började räkna upp vilka som skulle komma. Det var idel välbekanta namn, idel sådana jag kände utan och innan, efter många besök och djuplodande samtal. Alla utom en.

Illustration: Carina Hellström

När jag frågade fröken Paulsson vem denne obekante var, ryckte hon på axlarna, och sade att hon inte så noga visste.

- Han har blivit hitsänd på remiss.

Då förstod jag. Jag fick ibland överta besvärliga fall från min kollega i Södertälje, och det här var tydligen ett sådant. Det kunde bli intressant, det såg jag fram emot. Jag bad att få de uppgifter som stod till buds, och gjorde mig sedan redo att ta emot dagens första patient.

Förmiddagen lunkade fram i sin sedvanliga takt. Problemen var desamma, och de eventuella framsteg som gjorts var lika obetydliga som de, sorgligt nog, brukade vara.

Lunchen åt jag på min vanliga restaurang, tvärs över gatan. Jag läste de delar av morgontidningen som jag inte hunnit med på morgonen, och återvände sedan till min mottagning.

Eftermiddagens första patient var den nye. Fröken Paulsson hade lagt fram hans journal, och jag ögnade snabbt igenom den. Där stod, i stort sett: "Jag förstår inte riktigt vad det är för fel på honom", men uttryckt med de både svenska och latinska facktermer som min kollega, och för övrigt även jag själv, var så förtjust i att briljera med.

Den nye var tydligen en nöt som jag fick knäcka själv. Och kanske hade jag större förutsättningar för det än remiss-skrivaren, som var en något oerfaren, om än duktig, yrkesman.

Exakt på den utsatta tiden sköt fröken Paulsson upp dörren, och visade in patienten. Det var en smal, relativt kortvuxen man på några och trettio - trettiofyra, såg jag i journalen. Aningen tunnhårig, och klädd i en sliten blå manchesterkostym. Ögonen gav ett något flackande intryck, liksom för övrigt hela han gjorde.

Jag bad honom sitta ned, och berätta om sig själv. Då satte han sig på yttersta kanten av stolen, och började efter en viss tvekan tala om sitt arbete. Men jag visste redan, genom hans papper, att han jobbade på Almkvists Elektriska och Teknokemiska industri i Södertälje - Alm El Tek mindes jag att den brukade kallas i annonser i morgontidningen - så jag bad honom hoppa över det, och gå rakt på pudelns kärna.

Detta verkade göra honom ytterligare förvirrad, som om han inte förstod uttrycket. Men efter ännu en paus hasplade han så ur sig något om att han besatt en ovanlig inbillningsförmåga.

- Hur då menar ni?

Jag försökte dölja en suck genom att börja peta naglarna. Ovanlig inbillningsförmåga! Herregud, en sådan besatt väl de flesta jag kom i kontakt med i mitt yrke.

Han sökte efter ord.

94

- Jag menar att jag inbillar mig saker, sade han sedan.

Då log jag, just det leende som jag visste brukade ha en sådan lugnande inverkan på de nervösaste bland mina patienter.

- Det gör vi väl alla, sade jag, och hörde själv hur trygg och säker jag lät. Men det var ju sant, dessutom. Vad vore livet utan dagdrömmar?

- Nej! Han blev med ens ivrig. Jag menar att jag inbillar mig saker, och när jag gör det blir de verkliga.

Jag försökte dölja ännu en suck, men den här gången var det svårare. Detta verkade vara ett besvärligare fall än jag räknat med.

- Hur då verkliga, menar ni?

- Påtagliga, konkreta…

En plötslig, oväntad irritation vällde upp inom mig, och jag förklarade för honom att jag var mycket väl förtrogen med ordet verkligs både grammatikaliska och etymologiska betydelse. Något lugnare bad jag honom sedan förklara sig närmare.

Då berättade han en naiv, och på något sätt rörande, historia om hur hans arbetsplats hade förvandlats till en solig badstrand i något exotiskt land, bara för att han hade tänkt sig det, inbillat sig det.

Jag sade åt honom att till och med jag kunde ibland önska att mitt skrivbord var en badstrand, men…

Och då hällde han ut en handfull sand just på detta

skrivbord, och försökte slå i mig att det var ett bevis för att händelsen verkligen inträffat. Något så idiotiskt!

- Skulle det var bevis, det där? fnös jag, ännu mer irriterad än förut. Den där sanden kan ni ju ha hämtat i vilken sandlåda som helst!

Det medgav han faktiskt själv, också. Men i nästa sekund gjorde han saken ännu värre, genom att knäppa upp skjortan, och peka på den magra bröstkorgen.

- Se här! nästan skrek han. Solbränna som jag fått en gråkall tisdagsförmiddag i november på Almkvists Elektriska i Södertälje. Förklara den om ni kan!

Vad skulle jag säga? Det var så befängt alltihop att jag ett tag funderade på att skriva en remiss, och skicka honom vidare. Men det vore fegt, och till slut sade jag något om att han ju mycket väl kunde ha inhämtat solbrännan, som förresten inte alls var så markant, på ett solarium.

Då var det han som blev irriterad, det syntes tydligt. Och han mumlade något om att han inte var där för att försöka förklara något för någon som inte *ville* förstå.

Det tyckte jag verkade vara ett bra sätt att komma till pudelns verkliga kärna.

- Varför *är* ni här då? frågade jag.

Efter att ha överlagt ett tag med sig själv om han skulle bevärdiga mig med ett svar sade han då att han var där för att det hade blivit trassel på hans jobb. Strejk, påstod

han. Arbetskamraterna stannade hemma. De vågade inte
går till arbetet, för de visste aldrig vad han skulle inbilla
sig, och i vilken miljö de skulle hamna när de öppnade
fabriksportarna!

Något så idiotiskt!

Men patienten har alltid rätt, tänkte jag - åtminstone till
en början – så jag låtsades äntligen förstå vad han pratade
om.

- Ni kan inte kontrollera era inbillningar? sade jag, och
höll god min.

- Nej. Han verkade lättad.

- De har tagit överhanden?

- Ja.

Och han påstod sig dras med av sin
verklighetsskapande fantasi som ett viljelöst kolli, och
visste aldrig var han skulle hamna, och vilket språk
människorna omkring honom skulle tala. Jag sade att jag
förstod att det måste vara ett problem, även om jag hade
svårt att sätta mig in i hans situation. Jag menar, visst var
jag van vid patienter som hade underliga idéer, men de
lät dem åtminstone förbli *idéer*!

När vi kommit så långt tystnade han åter, och jag
trodde att han inte hade mer att förtälja. Men det hade
han:

- Och värst av allt…

Jag såg hur han svalde, som inför en ytterligt svår

uppgift.

- Värst av allt är att jag inte vågar lita på någon. Allt och alla kan ju vara inbillning…

- Ni är misstänksam?

Ja, det var han. Och han drog sig undan från människor, sade han. För han visste ju inte om de existerade!

Jag tänkte med medlidande på min kollega i Södertälje. Jag förstod att han hade skickat sin patient vidare till mig.

- Och så sände doktor…, började jag.

Men då blev jag abrupt avbruten:

- Nej! skrek min besökare. Han var också en sådan!

Jag förstod ingenting. - En sådan?

- En inbillning?

Min kollega?

- Doktor…?

- Ja!

- Men hur kom ni då hit?

Jag såg hur han slappnade av, av någon outgrundlig anledning.

- Uppför en trappa. Några nötta trappsteg. En dörr. En korridor. Och ni…

- Ja…

- Ni…

Till en början kunde jag omöjligt tyda uttrycket i hans plötsligt så intensiva blick. Men när jag lyckades tyda det! När jag äntligen lyckades tyda det…

Nej! ville jag skrika. Ni har ingen rätt…! Ni kan inte ta er sådana friheter! Ni är ingen gud!

Men jag ägde inte längre någon röst.

Och sedan såg jag honom skratta. Som om allt varit ett gott skämt; Almkvists Elektriska, min praktik, min krets av troget återkommande patienter, fröken Paulsson, mitt skrivbord, jag… Allt en lögn av denne man.

Allt en lögn.

Så mycket energi han måste ha lagt ned, tänkte jag. Så många detaljer, en sådan utstuderad komposition. Och jag undrade om han skulle lägga ned lika mycket energi på den sanna versionen.

Om han nu någonsin skulle berätta den, berätta hur det egentligen förhöll sig.

Den sanna versionen…

Och med något som liknade hunger kände jag allt åter bli luft.

(Publicerad i Byggnadsarbetaren 1988)

Caroline

Det hela var absurt, ett mysterium. Först när vi läste avskedsbrevet efter hennes död förstod vi. Men hur skulle vi ha kunnat ana?!

Vi mindes alla dagen då hon kom till vårt företag. En söt kvinna i trettioårsåldern. Caroline. Hästsvans, fräkniga kinder, en doft av liljekonvalj. Hon var ensamstående, hade just flyttat till vår stad. Hennes meriter stämde exakt överens med den utlysta tjänstens krav.

Hon började med att gå runt till oss alla. Hon tog oss i hand. Hon sade:

- Hej! Jag heter Caroline. Jag ska börja på kontoret.

Vi höll god min. Vissa av oss svarade till och med. En originell nyck, tänkte vi. Kanske vill hon sätta sig i respekt.

Vid lunchtid dagen efter såg jag henne sitta tillsammans med gamla Kristina från lönekontoret. Ljudet av hennes röst ekade mellan väggarna. Kristina såg vettskrämd ut. Vi andra låtsades inte märka. Just när jag skyndade därifrån hörde jag Kristina hosta. Jag tyckte synd om henne. Det måste ha varit en märklig upplevelse. Kanske blev hon sentimental. Kanske ville hon försöka. Men det låg så långt tillbaka. Det kostade nog på.

Tiden gick. Vi hade hoppats att hon själv skulle inse det orimliga i sitt handlingssätt, och sluta. Att det var onödigt, att hon inte behövde göra sig till för oss. Men inte. Hon kunde komma in genom dörren på morgonen, skratta högt och säga: "Vilket fint väder det är idag!", eller någon annan fras som vi mindes från barndomens böcker. Mig gav hennes besynnerliga uppträdande bara huvudvärk – jag såg inget charmigt i det som några av de äldre vaktmästarna påstod sig göra.

Men en dag inträdde en förändring. Hon verkade plötsligt mer dämpad. Den morgonen var jag ensam på kontoret när hon kom. Hon stängde dörren försiktigt efter sig, och hade en bekymrad rynka som jag aldrig hade sett förut i pannan. När hon fick syn på mig tvekade hon ett tag, men kom sedan fram och satte sig på mitt skrivbord. Hon iakttog mig fundersamt. Jag åstadkom en hälsning, som hon som vanligt ignorerade. Sedan lutade hon sig fram och viskade, VISKADE!:

- Vad är det med folk? Ett liksom väsande ljud. Jag stirrade fascinerat på hennes omålade läppar. Ett par vita, aningen oregelbundna, tänder tittade fram.

- De är så sura, så tillknäppta. Som en orm! Jag såg framför mig färgplanscher i någon gammal lärobok. Hypnotiserande...

- Har du någonsin hört någon skratta i den här staden? frågade hon sedan. Jag blundade. Hennes röst höjdes i takt med att hennes irritation stegrades. Jag såg en orm svälla, få mänskliga drag.

Skratta? svarade jag, nu säker på att hon drev med mig. Snart skulle hon tystna, falla in i samtalet.

Men nej. Hon stängde bara munnen, såg länge på mig. Ignorerade alla mina frågor, alla mina försök att trösta. Sjönk ihop alltmer.

Jag förklarade att hon bara behövde slappna av så skulle hon snart vara inne i gemenskapen. Släppa alla hämningar, låta oss ta del av allt som rörde sig inom henne. Men jag fick ingen kontakt. Nu när det spända, uppskruvade hade lämnat henne försvann hon bara, torkade ihop, stängde alla dörrar.

Jag blundade på nytt, koncentrerade mig. Men när jag märkte att de andra började anlända var hon borta.

Det var sista gången jag såg henne.

Nästa dag – en torsdag – kom hon inte till arbetet, och inte heller på fredagen. På tisdagen i veckan därpå for Kristina och en av vaktmästarna hem till hennes lägenhet. Där fann de travar av böcker, några naivt målade akvareller, en samling klassiska cd-skivor, och Caroline ihoprullad i fosterställning i sin säng med en tom burk sömntabletter vid sin sida.

Samt ett brev.

"Till den som bryr sig" stod det.

Vi brydde oss. Jag sprättade upp kuvertet, läste.

102

"Det räcker nu!" Bokstäverna spretade, som ville de splittras. "Jag har suttit för länge inspärrad. Jag trodde jag var frisk. Ni gjorde mig sjuk igen. Jag kom hit med ett öppet sinne. Ni mötte mig med tystnad. Ni stirrade på mig när jag talade med er. Ni hånlog. Ett ärligt, medkännande ord hade räckt. Det kom aldrig. Det räcker nu. Caroline".

Då gick det upp för mig. Den tragiska sanningen framträdde i hela sin sorgliga skepnad. Och Kristina förstod också. Hon slog ned blicken.

Hon hade inte försökt göra sig till! Det var helt enkelt hennes sätt att kommunicera. Och hon hade tagit vårt meningsutbyte för tystnad.

Så enkelt var det, och så svårt att nu i efterhand acceptera:

Caroline kunde inte läsa tankar!

Johansson

- Och åren går.

- Ja, va fan ska de göra?

Anders knackade ur pipan mot husväggen, och kisade mot solen. Det såg ut att bli ännu en het dag. En lång, het dag.

- Och ingen av oss blir ju yngre.

- Nej. Sanna ord. Du har dina ljusa ögonblick, Johansson, det har du.

Anders stoppade ned pipan, och kastade en blick på sin kamrat. Fortfarande samma drömmande blick, fortfarande samma bångstyriga lugg, och fortfarande samma tankfulla rynka mellan ögonbrynen. Kanske var rynkan något mer markerad nu än när de första gången hade träffats. Men den hade hela tiden funnits där; ett yttre, synbart tecken på den inre verksamhet som hela tiden pågick. Iakttagelsen fick honom att tänka bakåt:

- Hur länge är det nu vi har känt varann? frågade han.

Rynkan djupnade ännu mer när Johansson tänkte efter.

- Tolv år. Nej, tretton. Är det inte det?

- Jo, något sådant. Men jag har inte gett upp hoppet. Snart kommer nog ett av de ljusa ögonblicken.

- Mycket lustigt! Ett snett leende for över Johanssons läppar. Det är vad jag kallar humor. Humor med stort H.

- Ja, det är väl tur att man har sådan. Du skulle behöva

lite mer av den varan, själv!

- Humor? Ordet föreföll plötsligt nytt, oprövat för Johansson.

- Humor, självironi, distans till dig själv... Med en gest antydde Anders att uppräkningen av någorlunda synonyma ord fortsatte fast han slutat tala.

- Jaså, du menar så?

- Så menar jag, ja.

- Ja, det är ju också ett sätt...

Någonstans i fjärran hördes en bil tuta ilsket av någon anledning, och strax därpå började en kyrkklocka slå, som om biltutan hade lossat en spärr i dess mekanism.

- Ett sätt? Ett sätt att vadå?

- Ett sätt att leva med lögnerna...

Anders suckade, och åkallade i sitt inre än en gång de gudar han brukade vända sig till när Johansson blev alltför svår.

- Vilka jävla lögner?

Den andre gjorde en svepande rörelse med handen – en rörelse som tycktes innefatta hela deras omgivning, och även dem själva. Sedan ryckte han på axlarna, som om det var onödigt att utpeka lögnerna med ord.

- Jaha, lögner... Anders försökte kämpa emot irritationen. Han visste att det inte lönade sig att bli arg. Då skulle den meningslösa diskussionen aldrig ta slut. Här går man och är förbannat tacksam för att man har ett fast jobb, men det är alltså fel det?

- Nja, det är väl bra om du känner så… Men ändå, inte är det väl vad du hade drömt om?

Dessa drömmar! Johansson med sina förbaskade drömmar! Att han aldrig växte ifrån dem!

- Drömt om och drömt om… Man kan väl inte hänga upp hela sitt liv på några barnsliga fantasier! Och du själv, har du förverkligat alla dina otaliga drömmar, då?

Johansson föste undan luggen ur pannan.

- Vissa av dem, i alla fall.

- Vilka då?

- Ja, du vet, fotografierna…

Anders kunde inte hålla tillbaka ett leende, men han lyckades göra det inte alltför elakt.

- Du menar dina tre bilder i den där årsboken? Den spruckna trehjulingen, solen bakom tallarna, och…

- Och muttrarna under maskrosen. Ja. Till exempel.

- Ja, de bilderna förändrade väl världen, gjorde de inte det? Universum blev sig aldrig likt igen efter det.

Anders såg hur luggen återigen gled ned i vännens panna. Jag borde inte hålla på och driva med honom så här, tänkte han. Men det var svårt att låta bli. Han liksom inbjöd till det.

Johansson sade inget till sitt försvar, men efter en stund ville han berätta mer om sina framgångar som drömförverkligare:

Illustration: Ewa Östergren

- Och så har jag ju fått in några bilder i Aktuell Fotografi. Och fått ett hedersomnämnande i en tävling.

- Ett hedersomnämnande, också!? Gudars skymning! Och ändå har det inte stigit dig åt huvudet…

- Ja, skratta du. Men… Invändningen utmynnade i en obestämd grimas. Det är ju alltid lätt att skratta.

- Jaså? Det skulle man inte kunna tro när man såg dig.

- Måste man vara någon slags jävla pellejöns, då?

- Det har jag inte sagt… Anders tog upp pipan igen, men ångrade sig; än var det för tidigt för nästa bloss. Ibland trodde han att han höll på att bli en kedjerökare av ren tankspriddhet. Plötsligt kunde pipan sitta i hans näve mitt i ett samtal, plötsligt kunde den vara stoppad, tänd, och inte förrän röken nådde lungorna blev han medveten om vad som skett.

Resolut återbördade han rökverket till fickan.

- Pellejöns är väl inte nödvändigt. Eller önskvärt. Men, som sagt, humor, distans…

- Känslobefrielse, likgiltighet…

Anders gav sin vän ännu en blick, och ruskade medlidsamt på huvudet.

- Du sätter ut så underliga likhetstecken, konstaterade han.

- Jag vågar kalla saker och ting för deras rätta namn, menar du, replikerade Johansson.

- Ja, ja… Det var lönlöst. Än en gång insåg Anders att

han borde ha hållit tand för tunga. När Johansson var på det här humöret var det där tanden hörde hemma. Jag ger mig. Knäpp du dina bilder, och förändra tidens gång!

- Det är inte… Johansson sökte ord. Det är inte storleken…

- Nä, nä…

- Jag menar, det är inte viktigt VAD man gör, eller hur mycket det märks utåt, utan ATT man gör något.

- Jaha? Och alla tusentals tegelstenar som vi smetat ihop, och alla hus som vi byggt upp, de räknas förstås inte?

- Klart de gör, men… Det känns inte viktigt på samma sätt. För mig.

Johansson ryckte på axlarna, och kisade mot det senaste, halvfärdiga, av de nyss nämnda husen. Som en enorm koloss av betong strävade det mot himlen; långsamt växte det, tog sin utmätta plats i besittning, utvecklade lägenheter, skaffade sig fönster mot världen, putsade av sina fasader, målade sina väggar och karmar och lister, elektrifierade sig, drog med en rysning av välbehag det första iskalla vattnet genom sina ledningar, sträckte stolt upp sina TV-antenner som känselspröt mot rymden, och öppnade värdigt sina dörrar för de första hyresgästerna.

- Ja, där har du det. Anders lade handen på sin väns axel när de stannade till framför den planerade gräsmattan några månader senare.

- Vår senaste skapelse. Drottninggatan 42. Är du inte stolt?

- Jodå… Johansson tog en klunk ur den whiskyflaska de hade fått som extra övertidsersättning efter en hektisk period, och räckte den sedan till Anders. Drottninggatan 42 kommer att gå till historien, det vet vi ju, eller hur?

- Ingen ironi nu! Ikväll ska vi fira och vara glada.

De svängde runt hörnet på det nybyggda huset, och satte kurs ned mot centrum. Anders lämnade tillbaka flaskan efter att ha försett sig, och började stoppa sin pipa med vana fingrar.

- Ja, jag kan ju alltid fira att Aktuell Fotografi har köpt några av mina bilder. Rostig cykel bredvid enbuske, och…

- Du med dina jäkla bilder! Anders skrattade, och kupade handen runt en tändstickas fladdrande låga. Det var ett förbannat tjatande!

Sedan knäppte han iväg stickan, och stoppade ned asken i jackfickan. Samtidigt passade han på att stryka med pekfingret över den postanvisning som bekräftade att den första novell han någonsin skrivit och skickat in hade blivit antagen. "Johansson" hette den, kort och gott.

Men den överraskningen tänkte han spara tills de satt på restaurangen med varsin biff à la Rydberg och varsin starköl.

110

- Som om det inte skulle räcka med ett fast jobb…

Han formade en rökring som svävade iväg över deras huvuden, för att sedan långsamt upplösas i septemberskymningens klara stillhet.

(Publicerad i Byggnadsarbetaren 1992)

Trenchcoat 37

Och där kommer ännu en trasig själ, innesluten i sina privata nojor. Jag känner så väl igen dem, även på långt håll, även fast jag aldrig träffat dem förr. De liksom släntrar närmare, ser sig omkring, orkar inte riktigt uppehålla illusionen om att de bara ska passera, att de inte alls kommer att lämna gatan, hasa nedför den branta slänten till gångvägen vid ån, och sedan fortsätta mot mitt ställe, mot min nisch i tillvaron.

När jag upptäcker dem uppfyller bron deras tankar – jag ser dem alltid några sekunder innan de ser mig. Och jag märker tydligt hur de stannar till, ser förvirringen, och hur ett svagt hopp tänds när de förnimmer ett alternativ. Rakt fram ligger en av de broar som de kämpat med och mot under en lång tid, ibland flera år, och till vänster en syn de inte riktigt kan tolka; köande människor, en hög med kläder, och jag själv – storvuxen, skäggig. Nästan alla väljer alternativet. De få som fortsätter över bron är nog sådana som drabbats relativt nyligen. Nästa gång kommer även de att vika av åt vänster.

Men denna trasiga själ – en luggsliten man i trettioårsåldern, kanske – bestämmer sig genast för att testa alternativet – hans nojor är nog inte alltför nya. Jag välkomnar honom, jag har ju lösningen! I mitt sinne börjar jag, som alltid, automatiskt välja ut det plagg som passar honom. Det är aldrig svårt. Det är bara att utgå från kläderna de har på sig, och från deras allmänna utstrålning. Jag misslyckas nästan aldrig – det finns en rock, klänning eller kavaj för varje människa som viker av från gatan.

Denna trasiga själ ska ha trenchcoat 37. Den kommer att tala direkt till hans undermedvetna.

Nu närmar han sig. Jag avverkar ganska snabbt några stammisar som visat sig behöva fler behandlingar. Jag försöker undvika att slentrianbehandla dem – försöker bemöta varje noja, varje trauma som om det vore första gången. Men när både jag och... kunden vet vad det handlar om går det både smidigare och snabbare. Ofta avslutar vi vår transaktion med en liten blinkning som betyder "Hoppas vi inte behöver ses igen!"

Nu kommer den nye. Plötsligt tycker jag han ser bekant ut på något sätt, men vet samtidigt att jag aldrig har träffat honom tidigare. Det är något i hans framtoning som... jag fått beskrivet för mig. Och plötsligt förstår jag, intuitivt men bergsäkert; Doktor S! Den patient som min avlägsne bekant tog emot just innan han så mystiskt försvann – jag har fått händelseförloppet väldigt ingående berättat för mig av doktorns assistent fröken Paulsson. Hon hade lyssnat på inspelningen av samtalet mellan doktorn och den nye patienten, som dragit någon skröna om inbillningar som blev verkliga på Almkvists

113

Elektriska i Södertälje, och sedan avslutades inspelningen med ett skrik. Därefter hade fröken Paulsson aldrig sett sin arbetsgivare igen. Den nye patienten hade snabbt lämnat mottagningen med ett både skuldmedvetet och lättat uttryck i ansiktet.

Kunde det vara han? Doktor S:s siste patient?

Jag visste inte, och hade egentligen ingen trovärdig grund för min känsla av att det var han. Och egentligen spelade det ju ingen roll. Min uppgift, min nisch i tillvaron, var att bemöta alla trasiga själar med samma positiva inställning. Alla behövde få höra att deras problem gick att lösa, att de inte var unika, att det fanns fler som brottades med samma saker, fler som befann sig i samma situation. Det var det viktigaste, egentligen, att ingen skulle behöva känna sig ensam med sina nojor, driva längre in i en hotande psykos.

Så vad spelade det för roll om mannen framför mig var orsaken till Doktor S:s försvinnande? Hans själ hade infekterats av bron, han behövde avlastning.

Jag höjde en hand till hälsning. Mannen stannade överrumplat till – kanske hade han ännu inte insett att han var på väg till mig?

- Ingen fara! ropade jag. Det är bara att komma hit. Jag har till och med tystnadsplikt, kan man säga, på sätt och vis. Och det är ingen brist på kläder här...

Mannen såg sig omkring, inte helt säker på att jag

talade till honom. Försiktigt närmade han sig, och kastade hela tiden misstänksamma blickar på människorna och klädespaltorna vid min sida. När han var framme stannade han, stod helt blickstilla i flera sekunder, och blundade. Sedan tittade han upp igen, och verkade glatt överraskad över att jag fortfarande fanns där.

- Det är bron, va? frågade jag. Inte Almqvists Elektriska?

Han verkade inte ens förvånad över att jag visste var han arbetade.

- Det har hela tiden varit bron, eller hur?

Han böjde ned huvudet – jag förstod inte riktigt om han nickade jakande, eller bara drog sig in i sitt skal. Men så viskade han:

- Det har hela tiden varit bron.

- Då har jag lösningen och botemedlet! ropade jag med den övertygelse som många år vid bron skänkt mig. Kom hit bara!

Mannen närmade sig. När han stod bara en meter ifrån mig såg jag hur orolig han var, och jag kände hans dåliga andedräkt – sprit, lakrits, vitlök…

- Allt du behöver göra är att projicera dina nojor mot det klädesplagg som bäst överensstämmer med din inre bild. Så enkelt är det, sade jag och visade med en svepande gest vilka plagg jag kunde erbjuda. Här finns allt! Det är bara att välja!

Då skrattade han till, men det var inget glatt skratt.

- Om det ändå vore så enkelt…

Jag fick böja mig fram för att höra vad han sade, eller snarare mumlade.

- Om det vore så enkelt skulle jag inte vara här. Och jag skulle inte ha lämnat den där läkarmottagningen med andan i halsen.

- Nähä? Vad skulle jag säga? Trots min långa verksamhet vid bron kände jag mig plötsligt ställd, och hade svårt att pejla in hans sinnesstämning. Om du känner efter upptäcker du nog att det hela är ganska enkelt, försökte jag.

Men han bara skakade på huvudet, och såg vemodigt på mig.

- Du förstår väl vad som skulle hända om jag satte en fot på den där bron?

- Eh… nej, egentligen inte…

- Bland annat så skulle din verksamhet här upphöra ganska omgående…

- Upphöra? Den här verksamheten kommer inte att upphöra så länge det finns broar.

- Det är vad du tror, det! Men okej, ge mig en rock. Antar att det blir trenchcoat 37?

Jag ryckte till, och bet mig av pur förvåning i tungan. Hur fasiken kunde han veta?!

- Det är möjligt att det blir aktuellt med 37:an, ja…

- "Möjligt att det blir aktuellt…"! Hans skratt var på något sätt både hånfullt och medlidsamt. Du vet att det är den som gäller, och det har du vetat ända sedan du först såg mig.

Jag kände att samtalet hade tagit en oväntad vändning, men beslöt mig för att bara följa med, och göra det bästa av situationen.

- Det är ju alldeles utmärkt om vi har en sådan identisk uppfattning om dina behov.

- Ja, det är det, va? Hånfullt, medlidsamt… Hit med 37:an!

Jag böjde mig ned och plockade fram plagget – efter att ha hållit på med denna verksamhet under så lång tid visste jag var alla plaggen låg utan att behöva titta. Jag räckte fram trenchcoaten, och mannen såg en stund på den innan han tog emot den.

- Nu saknas redan tre broar i Göteborg, sade han sedan plötsligt. Men vad gör det oss? Vi ska inte till Göteborg.

Jag nickade. Äntligen något vi var överens om.

- Nej, det ska vi inte. Du ska bara gå mot bron, så slänger jag i…

- Jag vet hur det går till!

- Hur kan du veta det när du aldrig har varit här förut?

- Jag vet.

Och plötsligt slet han åt sig rocken, och började gå snabbt mot bron. Jag följde honom med blicken, och orkade inte ens bli upprörd över att han frångått rutinerna. Kände dessutom att jag plötsligt tappat allt intresse för de övriga kunderna som trängdes runt omkring mig. Såg bara honom. Såg honom vända sig om, vifta med rocken som en fana, eller som en signalflagga. Såg honom ta de första stegen ut på bron. Som om ingen rädsla fanns, som om han hörde hemma där.

- Jag går ut på bron nu! skrek han med oväntat ljus röst. Nu går jag på bron! Jag stannar och står på bron! Bron och jag är ett!

Och så slängde han trenchcoaten över räcket. Utan att kunna hindra min impuls rusade jag efter honom, till mina övriga kunders stora, och ljudligt uttalade, förtret. Jag bara kände att jag måste se slutfasen från nära håll, från mycket nära håll. Rocken flög i en vid båge som i slow motion. Rocken flög i en vid båge som i slow motion. Rocken flög i en vid båge som i slow motion. Rocken flög...

När jag kom fram fanns det inget att komma fram till, och ingen som kunde komma dit. Som ur ett avlägset vattenfall hörde jag hans röst:

- Nu faller Älvsborgsbron! Men vi ska ju inte till Göteborg... det ska vi ju inte...

118

Och jag insåg plötsligt att han bara skulle gå vidare på andra sidan.

Jag var inte ens en anhalt på hans väg.

De gamla hjulspåren

Anders kände genast igen Johansson när denne kom släntrande nedför Storgatan. Den gången gick inte att ta miste på, och inte heller den ostyriga kalufsen. Även om kalufsen var avsevärt tunnare och gråare nu än när de två sågs förra gången, när det nu var? Sju år sedan? Åtta? Någonting ditåt. Åren gick.

Han slängde upp högernäven i en gladlynt hälsning, och hojtade:

- Johansson, hallå, här är jag!

Johansson log, och skakade på huvudet.

- Som om man skulle kunna undgå att se det!

De gav varandra en vänskaplig, lite manligt avmätt, kram – fattades bara annat, efter alla år de hade känt varann.

- Johansson, Johansson, du är dig lik!

- Anders, Anders, du har inget hår kvar!

- Vem behöver hår?

- Och du har bara... åtta fingrar! Johansson såg förvirrat på Anders vänsterhand, där lillfingret saknades, och där endast första leden av ringfingret fanns kvar.

- Vem behöver fingrar? Anders lade vänsterhanden i kavajfickan, som om han skämdes. Jag har ju en massa fingrar på högerhanden, det räcker väl!

Johansson såg lite skakad ut. Detta var oväntat, detta

120

kände han inte till.

- Vad hände?

Anders ryckte på axlarna.

- Man kan väl säga att ett gäng tegelstenar tog sig vissa friheter medan jag stod och tänkte på nåt annat...

- Och jag som trodde du var en expert på att hindra tegelstenar falla?

Ett frustande skratt kom över Anders läppar, och han gav sin vän en uppskattande blick.

- Ser man på, Johansson har äntligen skaffat sig humor! Det led du en skrämmande brist på förr i tiden.

- Nja, man kan väl säga att våra uppfattningar om humor gick isär...

- Så in i helvete! Och du filosoferade bort alla raster med förvirrade djupsinnigheter. Det var totalt omöjligt att kunna koppla av.

Anders hejdade sig. Helt otroligt! De hade inte setts på länge, men redan efter en minut var de inne i de gamla hjulspåren igen. Realisten och Filosofen, de var som två arketyper, eller kanske snarare karikatyrer.

- Men nu pratar vi inte mer om det. Och inte heller om mina förbaskade fingrar. Olyckor händer på byggen, så är det bara. Men du klarade dig väl ifrån sådana, och så smet du från hela byggbranschen, din svikare!

- Jo, man kan väl säga att jag fick nog. Ville vidare.

- Och så blev du fotograf på heltid. Ett rejält språng i

karriären...

Johansson rynkade pannan, som hade fått några nya rynkor sedan de senast sågs, märkte Anders.

- Ett karriärsprång vet jag inte om det var direkt, och inte blev jag rikare av det. Snarare tvärtom. Det är tufft att försöka hanka sig fram som fotograf, det ska du veta!

Anders gjorde en gest för att plocka fram sin pipa, men så mindes han plötsligt att han ju hade slutat röka. Samtalet med Johansson framkallade reflexer från förr, och det kanske inte var så konstigt. Då, när de var jobbarkompisar, hade pipan varit en tillflykt, ett sätt att fly undan Johanssons filosoferande. Men idag skulle han väl ändå klara sig utan den!

- Man får ta de jobb som bjuds – bröllop, gulliga barn, gulliga hundar med rosetter...

- Du skulle ha stannat på bygget! Det är det jag alltid har sagt, vad behöver man mer än ett fast jobb?!

- Å ja, minns nog att du överraskade mig ganska rejält förra gången vi sågs med en postanvisning... du hade fått en novell publicerad... en novell som handlade om mig! Så det kanske inte räckte med bara ett fast jobb, ens för dig?

Anders såg nästan lite generad ut, tog upp en sten, och slängde den mot en lyktstolpe – stenen träffade med en metallisk klang.

- Jaa, joo det är klart. Det var kul att bli publicerad, det kan jag inte förneka.

- Och hur har det gått med författarkarriären?

- Äh, det där var nog mer en engångsföreteelse.

- Men jag har hört att du publicerat mer?

- Jo, det stämmer, några alster till har det blivit. Jag fick ju mer tid att tänka när du stack iväg, behövde inte sitta och lyssna på ditt svamlande längre...

- Värsta arbetarförfattaren!

- Nu ska vi inte överdriva!

De satte kurs mot den restaurang där de kommit överens om att tillbringa några timmar – Savoy Gardens. Anders hade varnat Johansson för att stället kanske inte riktigt levde upp till sitt tjusiga namn, men att det ändå var ett okej ställe, och dessutom Anders stamhak. Restaurangen låg på Drottninggatan, bara ett stenkast ifrån det sista hus som de arbetade på tillsammans.

- Blir du inte nostalgisk när du ser Drottninggatan 42?

Johansson studerade byggnaden, och verkade fundera på frågan.

- Nja, det känns som det var länge sedan vi slet med den där kåken...

De gick uppför de fem trappstegen till restaurangens entré, och in genom den tunga trädörren. En av kyparna hälsade glatt på Anders.

- Ser man på, storfrämmande!

- Ja, nu igen! Det är säkert tre dagar sedan jag var här

senast!

De fick ett bord bakom en pelare i ett hörn. På väggarna hängde tavlor föreställande engelska jaktsällskap. Elegant klädda män, ivriga hundar, livrädda rävar. Den glade kyparen halade snabbt fram två menyer, och efter lite funderande bestämde sig Anders och Johansson för samma maträtt – plankstek, och till det två kalla Carlsberg.

- Ja, herregud, skrockade Anders, varför chansa när det finns plankor?!

- Trodde knappast den rätten fanns fortfarande. Det känns så… 70-tal.

- Passar väl bra för oss, vi är väl också 70-tal, börjar bli gamla gubbar nu.

- Äh..! slog Johansson ifrån sig.

- Känsligt ämne? Många livsdrömmar kvar att förverkliga?

- Kanske det…

- Some things will never change… Vet du vad, när jag ser på dig känns det som om vi fortfarande satt på något bygge och tjafsade.

Johansson skrattade till.

- Ja, vi var ganska bra på att tjafsa, va?

- Särskilt du, med dina filosofiska grubblerier. Vad tjänade de till, egentligen?

- Tjänade till och tjänade till… Om man säger såhär,

drömmar har förföljt mig genom livet, både på gott och
på ont.

- Hur menar du då?

Johansson tvekade.

- Jag har aldrig berättat för dig att jag som tonåring
hade vissa upplevelser med drömmar som inte var…
kanske riktigt hälsosamma…

Anders såg förbluffat på sin kamrat. Visst visste han att
Johansson hade mycket dolt inom sig, men det här med
drömmarna hade han aldrig hört talas om.

- Hur då menar du?

- Tja, ibland vaknade jag utan att vakna, mitt i natten,
ibland skrek jag, ibland mindes jag varenda jäkla detalj
av ganska obehagliga drömmar, som sedan vägrade
släppa taget om mig…

- Johansson, Johansson, du upphör aldrig att förvåna!
Dessa mardrömmar har du aldrig berättat om!

- När det hände kändes det som mer än mardrömmar.
Jag minns särskilt en återkommande dröm om maskar…

Men då kände Anders att det räckte.

- Hörrö du, förstör inte aptiten för oss nu!

Och som på kommando avbröts de då av att den glade
kyparen serverade deras mat. Plankstekarna såg ut precis
som de skulle göra, till och med själva plankorna hade de
rätta, mörkbruna färgtonerna, och såg dessutom
välanvända ut, vilket lovade gott.

Johansson prat om tonårsdrömmar hade fått Anders att tänka på något.

- Förresten, hur är det med din far, och din syster Elsa? De kom inte så bra överens, va?

- Du menar Johansson senior?

- Ja. Det är märkligt, han kallas bara för Johansson, va, precis som du? Minns knappt vad han heter i förnamn…

- Thure. Och med honom är det väl inte så bra. Han är ganska nersupen, om sanningen ska fram.

- Ja, jag har förstått att det varit ganska mycket krökande där. Men du har nästan aldrig pratat om honom. Skäms du för honom?

Johansson skakade på huvudet.

- Nej, absolut inte. Vi har väl bara inte haft så mycket kontakt under de senaste åren, särskilt inte sedan mamma gick bort.

- Men det var ju ändå han som fick in dig på bygget, fixade ett ordentligt jobb åt sonen.

- Ja, så kan man ju se det.

- Så såg väl han det?

- Jo, han gjorde väl det.

- Och du, din otacksamme yngling, gick bara och drömde om annat…

- Så var det nog. Aldrig nöjd. Dessa jäkla tegelstenar…

- … som bara ville falla…

De skrattade, båda två, åt samma sak. Något hade trots

allt hänt i deras relation, tänkte Anders, tiden hade jämkat dem samman, slipat av de värsta olikheterna.

Dörren till restaurangen öppnades, och ett sällskap bestående av två kvinnor och tre män kom in. Anders betraktade dem lite förstrött i ögonvrån. Det var inga han kände igen. Eller..? Verkade inte en av kvinnorna vagt bekant? Han fick för sig att han hade träffat henne förut, men att det var länge sedan. Hon mötte hans blick helt kort, och han tyckte sig se ett lite undrande uttryck i hennes ögon. Så flyttades hennes blick till Johansson, och då lyste hennes ansikte upp. Med några snabba steg var hon framme vid deras bord.

- Sven?

Johansson ryckte till, liksom ertappad, och såg upp.

- Elisabeth?! Det var inte igår… Men…

- Jag vet! Kvinnan som tydligen hette Elisabeth drog handen genom sitt ljusa hår. Jag tänkte att ska jag ändå skaffa mig peruk kan jag väl ändå äntligen få bli blondin!

Och då förstod Anders varför hon såg så bekant ut, men ändå inte. Elisabeth! Johanssons fästmö från förr! Han hade inte träffat henne så många gånger, och då hade hon definitivt varit mörkhårig.

Hon sjönk ned på en ledig stol vid deras bord, sträckte ut sina händer, och fångade in en av Johanssons händer i dem.

- Kul att se dig! Jag har tänkt ta kontakt många gånger,

men så... blev jag ju sjuk.

- Sjuk? Johansson såg helt oförstående ut, och Anders förstod att det var länge sedan dessa två hade haft kontakt.

- Jag fick bröstcancer några år efter att vi hade gått skilda vägar, sade Elisabeth enkelt. Tänkte ta kontakt med dig och berätta, men... det blev aldrig av, och jag hade ju flyttat till Stockholm, så vi sågs ju inte så ofta.

- Så ofta? Aldrig! Anders såg hur beskedet tyngde Johansson.

Elisabeth vände blicken åt hans håll.

- Och du är Anders, va?

Anders bekräftade detta med en blick.

- Jag tyckte väl du såg bekant ut när du kom in, men det var ju det här med håret...

Elisabeth skrattade till.

- Ja, på den tiden var jag ju långt ifrån någon blondin. Och vi träffades väl inte så mycket, trots att ni väl var bästisar på jobbet.

Bästisar? Anders log inombords åt uttrycket. Men det kanske stämde, trots allt deras tjafsande hade de kanske varit bästisar på bygget. Motpoler, antagonister, trätobröder... bästisar.

- Jag kan inte stanna så länge, vi är på konferens här i stan, och är ute på en jobblunch. Men herregud... det är ju en hel del jag skulle vilja prata med dig om... Vi gick

128

ju igenom en del saker tillsammans... med barnet, och allt.

Johansson nickade, och verkade plötsligt ha drabbats av tunghäfta.

- Jo. Just det. Barnet och allt..., mumlande han. Men... sjukdomen..?

- Jag är frisk nu, har varit det flera år. Men beslöt att fortsätta vara blondin ett tag till, bara för att jäklas lite med de makter som först såg till att vi förlorade vårt barn, och sedan såg till att jag nästan förlorade livet.

Anders såg på henne, och kände sig plötsligt skamsen när han mindes hur han hade skojat med Johansson om barn när han först lärde känna honom. Vid den tiden hade ju Johansson varit så orolig för att Elisabeth skulle bli gravid, för att han skulle tvingas in i ett familjeliv som han var övertygad om skulle ha kvävt alla hans konstnärsdrömmar. Och så hade Elisabeth blivit gravid. Och så hade barnet tagits ifrån dem. Förra gången de sågs hade varken han eller Johansson tagit upp detta smärtsamma ämne, och även detta kände han skam för nu. Och hur sjutton hade han kunnat skriva en novell om Johansson utan att nämna barnet..?!

Elisabeth böjde sig fram och gav Johansson en puss på kinden.

- Allt är bra nu, Sven. Jag har ett bra jobb, ett nytt förhållande. Och jag har förlikat mig med tanken på att aldrig bli mor. Du har väl inte heller skaffat dig några, va? Och så har du blivit fotograf?

Johansson nickade.

- Så det har du hört?

- Ja, lite koll får man väl ha på sina gamla fästemän! Men du, jag måste gå. Det var kul att ses, även om det blev kort. Vi får höras!

- Ja. Johansson log ett lite vemodigt leende. Vi får höras!

Elisabeth snuddade lätt vid Anders axel.

- Hej då, Anders! Ta hand om Sven, han har alltid behövt lite vägledning för att hitta rätt här i livet!

Anders blev inte riktigt klok på om hon skojade eller menade allvar.

- Okej, jag lovar!

Elisabeth återvände till sina kollegor. Johansson såg efter henne, och föreföll omtumlad.

- Jaha, sade han. Elisabeth…

- Precis. Elisabeth. Vet du vad, Johansson, du ville aldrig prata om det där barnet. Jag drev med dig för att du alltid oroade dig över att bli pappa, men sedan tog det stopp. Jag trodde att du ville prata om det, men du bara slog ifrån dig.

- Jag orkade inte.

- Nej, jag vet. Så vi bara fortsatte att gnabbas om tegelstenar och livslögner.

Johansson ryckte på axlarna, och svalde en stor klunk Carlsberg.

- Kanske var det vad vi bägge behövde? Någon att gnabbas med?

Anders kände ett leende sprida sig på läpparna. Han såg på sin trätobroder, och kände en värme sakta sprida sig inombords.

- Du har dina ljusa ögonblick, Johansson, det har du!

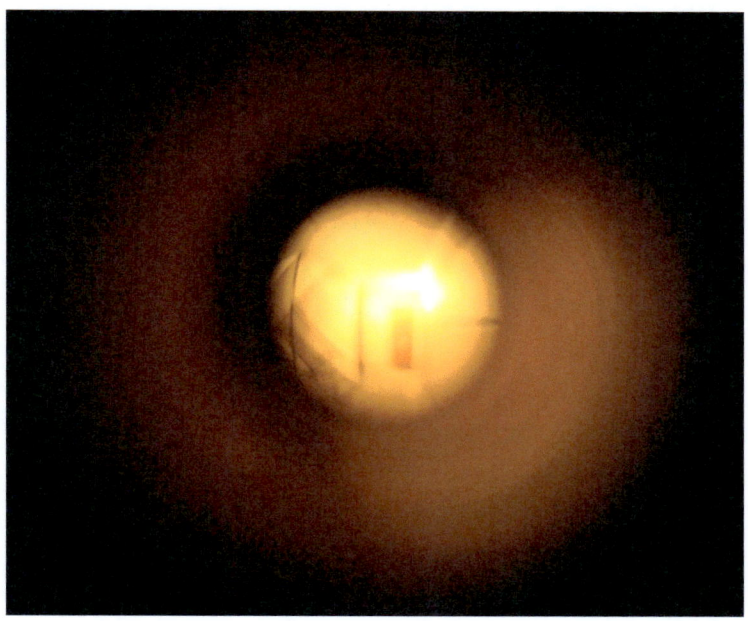

Elsa

Hon såg honom framför sig. Hon såg hans ögonbryn.
Hon såg hans nävar – grova, valkiga. Mindes från sin
barndom hur mjuka de ändå kunde vara.

Förstod plötsligt inte, förstod ingenting. Vad hade hon
gjort uppror mot? Vad hade hon tagit avstånd från?
Varför hade denne man plötsligt fått representera så
mycket negativt? Varför hade hon undvikit honom,
skrikit åt honom i telefon?

När hans nävar kunde vara så mjuka.

Hon insåg ju att det inte kunde ha varit så lätt för
honom. Först när hans hustru försvann, när tryggheten
raserades. Och så när även hon själv, Elsa, distanserade
sig. Det var tur att hennes storebror hade funnits. Han var
nog en av de få lugna punkterna i hennes fars kaos. Även
om även han, storebrodern, hade haft sina in-, ut- och
anfall. Men han hade i alla fall gått i sin fars fotspår,
åtminstone några år.

Hon mindes hur glad hennes far hade sett ut när han
lyckats skaffa en plats på bygget åt sonen. ”Nu du, nu ska
du få pröva på ett riktigt jobb!” hade han sagt. ”Spotta i
nävarna, bara, och göra något ordentligt!” Och
storebrodern hade hängt på, jobbat på samma bygge som
sin far något år, och sedan fått en fast anställning på en
annan firma, där han träffade den där ganska fyrkantige,

men ändå trevlige, Anders.

Nu hade ju storebrodern i och för sig gått vidare i livet, och blivit fotograf. Men det var först efter faderns pensionering.

Och hon själv, då?

Än en gång såg hon fadern framför sig. Först den relativt unge mannen, när hon själv var ett litet barn. Då hade han varit tryggheten i hennes liv, om än kanske lite sträng och tystlåten. Det var hennes mor som stod för skratten i familjen. Men även gråten. Och senare, efter föräldrarnas skilsmässa, när hon själv höll på att bli vuxen, den medelålders mannen. Inte lika sträng, kanske, men lika tystlåten. Med grova, men ändå mjuka, nävar.

Och så, med ens, upproret. När spritflaskorna blev alltför många, alltför tydliga. När hans uppgivenhet blev alltför jobbig att ta till sig. När hon själv insett att hon ville så långt bort från allt det han stod för som möjligt.

Det var då orden kom, skriken som nu är så plågsamma att minnas. Varför hade hon skrikit?

Hon svepte sista slatten i vinglaset, och reste sig. Dags att ringa brorsan.

Han visste ju ännu inte.

"Midnattsflytt – vidare..."